鳳凰花開時，
我學會了笑

羅小曼——著

姐姐寫的序

動念

我們三姐妹從二十幾年前小妹定居美國後就聚少離多，偶而見面也是在重要或刻意安排出來的時間，沒想到這次是別開生面的在紙上相遇，為這一場難以預期的生別離留下印記……小妹說，寫下來是一種 therapy，它可以轉移 Tomato 對化療的刺骨痛苦，也可以抒發我們心中的不捨與傷痛，更可以對三十幾年的或大或小心結解套，在這時候，還有什麼是不能讓它隨風而逝的呢……

Tomato 上個月確診肺癌第四期，因小細胞肺癌來勢洶洶，小妹不管返國是多麼麻煩，一路過關斬將的回高雄，她住的防疫旅館離我家只有幾百公尺，我們還是只能用賴來連繫，雖說大家都已屆半百，但對於癌末這件事，全然陌生與畏懼，它像是一個黑洞，沒有未來，沒有一絲光亮！我們不想掉進去，但它已經大到可以吞噬我們……

記憶

Tomato 對我而言是個小茶包，她從小愛哭又欠揍，因家裡做生意的關係，爸媽無暇照顧，她總是跟著我。上小學要跟我，運動會要跟我，害我成了同學的笑柄！小三時去游泳，她堅持要跟到深水區，差一點溺水，在深水區載浮載沉的被中學生救起。等國中已經長得比我高，力氣比我大，開始可以多扛一些貨物，我才有身為大

姐的尊榮感，有時外出送貨時遇到色狼，還可以擺出柔道架勢嚇走不肖之徒，我才驚覺這個愛哭愛跟的妹妹已經長大，大到可以保護我……

Tomato 感情豐沛，優柔寡斷，異性緣絕佳，這也是她不能專心讀書的敗筆。她從國小就收到情書，每交一個男朋友就會消耗一點什麼，記得有一次有人追求尚未成定局就抱了一臺麥飯石濾水器回來，真的莫名其妙，她的感情世界只有她自己懂，我總是很不以為然……還一個男朋友怕她變心就把她軟禁起來，也是我奮勇去救她出來，只差沒報警。她做過很多工作，個性活潑的她很容易交朋友，老闆交辦的事也都全力以赴，從高職畢業後在後火車站的長明街上班，是穿越大街小巷大家都喜歡的一朵花。她也曾遠赴大陸，率領幾個娘子軍在四川大賣場插旗，跟大陸仔鬥智鬥氣魄，賺了不少人民幣也著實留下幾個朋友。非科班出身但才華洋溢勇於突破，憑著一副好歌喉和機智的反應可以跑遍婚禮主持，以不年輕的資歷和經驗打敗鮮肉女角，秀約不斷。疫情影響轉戰歌唱老師，教社區大學熟齡和身障團體唱歌，還快閃火車站和公園，讓學員又驚又喜為之咋舌，十分奇葩……在生病後這些朋友學員送魚湯的，送奶粉的，健康食品的，供餐的絡繹不絕，顯示她的好人緣及真心付出，在這非常時期無非是種慰藉，與病魔和治療拼鬥的支持……

體悟

人生沒有時間表，沒有人可以按表操課，大小的難題總是一波一波……我曾在臨床加護病房工作八年，一直對人生的盡頭無所畏

懼，最怕牽掛未了，最怕留下一個不能自主又苟延殘喘的軀殼，生老病死本是循環，遇到了，面對它，每個人的明天都是未知，在這個的殘酷不知道何時來的時候⋯⋯

　　親愛的妹妹，讓我們好好在一起，不管妳在哪裡，在這個什麼都說不準的年代！

妹妹寫的序

Safety net

The moment I found out that my elder sister tomato was diagnosed with stage IV lung Cancer, I realized my safety net had broken.I left Taiwan for the US to study abroad at age 21. It has been almost thirty years since I have landed the land of the free.In the decades since I lived in Taiwan I was not present in some important events like my god-father's funeral, my sibling's weddings, my nephews' births, parents' birthdays but I have always regarded my family （including my husband Karl's family） my safety net. I cannot fall through any crack because of the network of my people.

The first few days and nights after her diagnosis, I wept and sobbed. When I called her on the phone, I could not stop crying. She had to comfort me and told me "don't cry." I occasionally still cry because the thought of losing my sister, but I try to honor every wish she has.

Passport

I realized that I had to see my sister and preparing to travel has been a challenge. A friend of mine introduced me a travel agent who is also from Taiwan. She was somewhat helpful but missed some important things, like that I would need an up to date Taiwanese passport to enter due to Covid19 restrictions. I realized my US passport was expiring in one month and later on realized my Taiwanese passport expired last year. If you have been in this situation you know what a stressful time it is. Making an appointment to a passport agency is quite an experience. I spoke to some people in line for passports, after finally getting an appointment, who had driven from adjacent states, staying in downtown Atlanta just to get an emergent passport. I am sure these in many ways are related to covid19. We stopped traveling and let our passport expired, few people come to work and we have to wait in a longer line, in my short summary.

Taiwanese passport was especially a nightmare. I literally got my passport the day before I was to travel. I have to applaud the Taipei Economic and Cultural office in Atlanta; they really take care of business. I am sure I was not special but that they told me to call after hours if I needed to. The peace of mind was priceless and I did eventually get on an airplane the next day after getting my Taiwanese passport renewed.

Omicron

I was so proud of Taiwan when covid19 first broke out and it had the lowest number of cases and deaths.The government was doing a marvelous job to keep the numbers down. It was everywhere on the

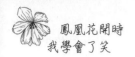
news, CNN, MSNBC, NPR. After SARS, the government seems to have a handle on how to take COVID, and they have an amazing digital minister, Audrey Tang.I confess that I have not keep track of COVID closely like I used to since the vaccines are so available and the covid19 cases in the hospital I work at are down, and frankly just being tired of it all.Now Omicron is in Taiwan, the strain that is the most virulent. I am in my mandatory quarantine, day 2.

Quarantine

I am now sitting in a quarantine hotel, day number 2 out of 7, waiting to see my sister while trying to read drafts of her coming book which she is dedicating to people she loves.This is a mix of jet lag, sadness and anticipation.

My sister
Judo

I have 2 elder sisters. Tomato is my oldest sister.Whenever I describe her, a few words that come to mind are： talented, versatile, and melancholic.She has so many talents that make me feel we are the opposite, even in life and philosophy, but we are also much alike.As a child, she was always very protective of me, along with some pranks she played on me as an older sibling.The later part seems to be inevitable. We were in Judo class together, or I should say I joined her judo class after she is almost a black belt. I was twelve and that was the summer break. My father asked all his children to do some sort of martial arts; I was right behind tomato and my older brother for Judo.Joann, my oldest sister chose taekwondo. Tomato and I rode in a bicycle to the gym, it was a Sunday. I was part of the demonstration match with the judo master. He flipped me in the air when I tried to combat him. That was the last time I was called to step on the stage for demos. The subsequent times tomato told me to hide in the bathroom until the demo is finished. Needless to say, I could not have a career in martial art. I lasted 3 months in that judo class because that was how long the summer was. The other notable moments were when tomato repeatedly entered the tournaments and I was there to cheer her on. She was strong, fierce and resolute.

Singing

My sister tomato is an amazing singer since she was in her early 20's, before she became a local celebrity. I remember she used to enter Jody Jiang's singing contest because that is the style of singing she likes, popular Taiwanese songs. I went with her almost every time, to guard our seats, watch her purse and be her cheerleader. She has been amazing singer and she knows it. Singing did not become her career until when my nephews were old enough for her to divorce her husband; she had to be a stay at home mom. When she first started singing professionally,

she had a wedding band where she thrives and shines. Later on when people stop believing in marriage, she did other functions likely employee annual appreciate parties before lunar New Year, to be a judge for singing contests and teaching hundreds of people in the classroom. She is such an amazing singer, and a humorous entertainer, as well as star-like MC.

Writing

I mentioned that early that I was reading drafts of tomato's upcoming book. Since her diagnosis her students and friends sent her lots of love, advice and gifts, including money. As poetic as my sister is, it is not surprising to me that she wanted to write a book dedicated to people she love. This is not the first time she has started to write a book. She has been writing since she was a young adult, sometimes including drawings too. She had a few pieces published in the newspaper; one of them was about me and my Taiwanese ex-boyfriend. She won the writing contest one year for her story which was published in Crown magazine , a well known publisher in Taiwan. I still have that book and that article. I definitely think she could have a career in writing if she pursued it, but I thinking writing might make her melancholy more pronounced which she blames for her cigarette smoking.

I am sure I have not included all the talents tomato has, since I only been around her for 21 years, and I cannot think of anything she cannot do. As someone who has higher education and prestigious career, I am humbled by my sister. I probably would not have chosen education as my sole pursuit if I have her talents.

當我得知姐姐 Tomato 被診斷出肺癌 IV 期的那一刻，我意識到我的保護網已經被打破了。

自從 21 歲離開臺灣赴美留學，來到自由的土地已經快三十年了。不在臺灣生活的幾十年裡，我錯過了一些重要的活動，比如乾爹的葬禮、我哥的婚禮、侄子的出生、父母的生日。但不容否認，家人永遠是血濃於水的關係，即便是我出國了、結婚了，並不代表著關係層面的一增一減，不會因為遠嫁了夫家，而疏遠了娘家。我丈夫卡爾和他的家人，更是豐富了親屬關係這一環，他們是一體的，永遠存在於我的過去、現在和未來。我滿足在這個保護網，給我最大的精神支持與克難的力量。我想要它，非常需要。

所以，在她確診罹癌後的最初幾天和幾夜，我哭泣著抽泣著。當我打電話給她時，我忍不住哭了起來。她不得不安慰我並告訴我「不要哭」。

在告訴她一聲「二姐，妳一定要等我回來。」過後，我偶爾還會因為即將要失去姐姐而哭泣，而且，我也忍著悲傷，尊重她想要達成的每一個願望。

隔離（5/22—5/29）

我現在坐在隔離旅館裡，七天中的第二天，一邊等著看我姐姐，一邊試圖閱讀她即將出版的書稿，她將把這本書獻給她所愛的人，字裡行間混合著複雜的感覺、時空、悲傷和期待。

我的二姐

柔道

我有兩個姐姐。Tomato 是我的二姐。每當我描述她時，我腦海中浮現的幾個詞是：才華橫溢、多才多藝和憂鬱。我們在很多方面都不同，但在生活和哲學上，我們卻很相似。小時候，無可避免的姐妹間會作弄的小惡作劇之外，她總是非常保護我。我父親要求他所有的孩子都做某種武術，我的大姐 Joanne 選擇了跆拳道，而 Tomato 選擇了學習柔道。記得我十二歲那年的暑假，她幾乎是黑帶之後，先後帶領我哥和我加入了她的柔道課。

記得那是一個星期天，我和 Tomato 騎著自行車去訓練中心，參加柔道大師的示範比賽。當我被點名與大師切磋時，他將我翻轉到空中，把我嚇壞了。我無法如 Tomato 在場上那樣堅強、兇猛和果斷。從此以後，Tomato 教我在教練演示那段時間，去躲在浴室裡。我們心知肚明，武術事業並不適合我，而我就這樣半躲半學的持續了暑假三個月。當我再次回到訓練中心的時刻，是 Tomato 多次參加比賽，我在那為她加油。

從二十歲出頭開始她就已經是我心目中一位了不起的歌手，那時，她還沒從事駐唱及表演行業。我記得她以前參加過江蕙盃的歌

唱比賽，因爲那是她喜歡的唱腔，和流行的臺灣歌曲。我幾乎每次都和她一起去，看守我們的座位，看管她的錢包，做她的啦啦隊長。她一直都知道，「唱歌」是她最大的優勢。但她在結婚之後，一直扮演者一個專職媽媽的角色，直到我的侄子長大，她覺得必須奔向自己的夢想，和丈夫離婚後，唱歌才成爲她的職業。當她第一次開始專業唱歌時，她組織了一個結婚樂隊，並且在那裡茁壯、成長、閃耀著光芒。除了婚禮之外，她主持兼唱派對，擔任歌唱比賽的評委，並在教室裡教數百位學生唱歌。 她是一位了不起的歌手，一位幽默的藝人，也是一位明星般的主持人。

寫作

前面我有提到，我正在閱讀 Tomato 即將出版的書稿。文字中表明了，自從她確診以來，她的學生和朋友給了她很多愛、建議和禮物，包括金錢。我一向知道她富有詩意，所以她想寫一本書，獻給所有愛她，以及她所愛的人。她從小就開始寫作，所以這不是她的第一本書。除了寫寫稿，有時也包括繪畫。她在報紙的副刊上發表過幾篇文章；其中之一是關於我和我的臺灣前男友的故事；而且她在臺灣著名出版商《皇冠雜誌》上發表的故事入圍過一次寫作比賽。雖然時間已經久遠，但我至今還保留那本書和那篇文章。我百分百相信，她有足夠的實力能夠從事寫作事業，但我卻擔心寫作可能會讓她的憂鬱更加明顯，在抽絲剝繭的精神分層與布局之中，抽更多的菸。

我確信我沒有把 Tomato 的所有才能都完全寫出來，因爲我在

她身邊才二十一年，我只看到她的無所不能。我自豪自己是一個最高學歷、最高成就、最高收入的家庭成員，但面對她的天賦，卻是望塵莫及的。

小曼　譯

生前約定

　　我是個靠說話吃飯的人，按理說，我不會惜字如金。逝者若逝，在世的人反而更容易在擴張悲傷的情緒之中，受自我或他人的言語精神磨難。我要確保，與我關係欄位親密的人，皆受到我在這紙文中的豁免。生病的是我，我要對誰說或不對誰說，是我的權利。並且，該關係人本人，千萬不要對號入座，在這個世界上，被道德綁架的人太多了，如今又要走掉我一個了。世界會因此和平嗎？

　　協定明確。再往下讀。

前言

醫生說：「第四期了，但我想再多做幾個檢查把它的期數往前推。」

我說：「不用。因為你的積極，我願意配合治療。」我怕再檢查下去，出現一項不符指標的，醫生真的會放棄我。他那麼年輕就學會放棄，如何再去面對以後的更多病人？

那兩天，我開始在想，人生到底有什麼意義？為追求什麼而來？像我這般生活認真的人，每天都要為自己做的每件事標上一個「意義」。我為了努力把扮演的每個角色都做好，做了很多很多的功課，還是磕磕絆絆，永遠不盡人意！永遠有人找話來告訴我，應該怎麼樣，能更怎麼樣？我很「更」，很不能鬆懈。一直到醫生宣布了我的期限，終於有人告訴我：「妳太累了，太『ㄍㄧㄥ』了，是老天要妳休息了。」「快去找樂子吧。」「想做什麼就去吧！」……我心想，媽的，為什麼這些話就不能早說？非得等到死期將至？

最近很多學生捎來了他們的關心和祝福，因為我無法確保未來何時會中斷課程，或者是因為化療開始之後，我無法保障課程品質，所以全面停課。也因此，他們是第一大批，用各種腦補拼湊出我病情的人。

他們來看我，帶我去吃下午茶；帶好吃的來家裡共餐；運送長生學氣功能量給我……我說不上這感覺，就像我每週去上課要碰上他們一樣的日常，其中卻橫著一個叫「癌症」的人一同列席。我不

下數萬千次要去面臨一個在臺下欣賞我唱歌，或聽我講課的陌生人，卻對這個看不到表情的不速之客無從下手。

討好觀眾可是我最在行的事！但當對方是完全透明的狀態下，我沒有任何角度可以切入。

罹癌因子是積累成山的，到 4/17 火山終於噴發。一直以來都有跡象，只是我沒時間理會它。好！我欠的時間終該要還，還要加上皮肉痛的利息，以及逐日上升等待的恐慌。我形容給我的姐妹聽，住院診察的時間，每天都安排了各項檢查：電腦斷層，核磁共振，支氣管鏡，超音波，體外穿刺……又交疊了不同部位，就得乘以二。等到醫師查房時，他要布達的檢驗報告就像開盲盒一樣。「腹腔沒轉移！」哇！好驚喜！「骨頭裡很乾淨！」哇！超開心！「頭腔也沒有！」哇！大確幸！好吧！感謝寄宿在我體內的這位好人，沒有帶太多人來攻城掠地。

如果我說，我早就知道有一個生命在我身體裡共存，並且天天準時在半夜三點半叫醒我。我會撫著它，告訴它，別做怪，咱們和平共處好嗎？因為我白天課很滿，晚上需要睡覺。可是，它沒有鬆手，尤其是，在屏東國仁醫院急診醫師看到 X 光片時，看到它長相猙獰，張牙舞爪，立馬用了三分鐘解讀了所有的訊息，包括我的過去，現在，和預判的未來。醫師的經驗確實獨到，在後期的各項檢查之中都印證無誤。

有個陌生人，住進了我的身體，卻不是我的歌迷。

目錄

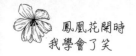

我學會了笑

20

壹　發現

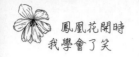

（一）

A

那天是週日，夜裡 3:30 固定的時間醒來，已經是連續第二週，胸口壓大石似的，熬到天亮。我既然醒著也不閒著，天矇矇亮時搞定了早餐，拉上窗簾才又小瞇了兩個小時。想來離下午上課時間還很早，特別提早化了個淡妝，掩飾著倦容，先上壽山去拜拜。

因為很努力在工作，我很少有休閒，很大的興趣都是愈近愈好，最好可以信手拈來。其中一項，就是去跟菩薩說話。當然，在這種半夜不安的時刻愈來愈密集，時效愈來愈長時，我得去跟菩薩求一條明路，為什麼尋了那麼多醫事科目，狀況卻愈來愈差？

下午 2:45 我下了麟洛交流道時，忽地左胸整個到肋間痙攣疼痛。我心想，3:00 的課不能遲到，路上也沒經過任何一家藥局，先到教室再說吧，也許同學們身上有帶著止痛藥或肌肉鬆弛劑什麼的。再說，以往對抽筋的概念，只要伸展一下就能紓緩。

下了車，我伸展了，抱著胸上了二樓，一直到大家暖完嗓，3:20，那天的狀況完全不照常理！十多個同學居然沒人身上帶有止痛藥，我的身子愈縮愈緊，愈緊愈痛。我站不起身，說：「如果我現在上不了課，你們會不會怪我？」然後，我就被學生送去急診，抽了血、照了光。醫生看完片子，來回踱步，趁著送我去急診的英慧姐到門口去和班上同學回報我的狀況，並且連絡如何安置我的轎車時，來到我面前說：「妳得立刻住院！很嚴重！不能拖！如果不是 XX，就是 XXX ！」他和我聊了一下狀況，講了兩個很不美麗的醫事

名詞，然後給我打了止痛針，要我簽署了切結書後，醫院才敢放行讓我獨自開車回高雄就醫住院。醫生在辦理轉診時有特別交代，去住院時要有家屬陪同，所以在開車回程的過程中，我通知了在嘉義念書的小兒子。我的念想一向反應快，立刻連結到連續劇裡那些狗血的場面，病患被支開，重大訊息必須告訴家屬。可是，我這個陪同家屬才二十四歲呀！更何況前言裡我已提到，急診室醫師已經破題了。那要他來幹嘛？

他從嘉義趕回來，已經晚上十一點多，我已從屏東轉診回高雄，又已在聯合醫院的急診收入病房。礙於 COVID-19 的非常時期，他必須做完快篩，等候 4-6 小時的陰性通知，才能進病房陪病。

緊急召回，百般折騰，他要為母奔波，還身背研究所正在舉行的考試。當他在陪伴床呼呼大睡時，我那第一個念頭又回到腦子裡，醫院要家屬來幹嘛？

B（體內視角）

老大長得像一團潑墨，觸角長短不一、鞭及淋巴和肋膜也就算了，偏偏還含了根 1 焦油的菸槍，三、四公分那麼長，沒有五官，感覺就像隻長嘴章魚，冷不防就要噴出一口黑墨一樣。一旁點點怪怪的小怪物，正在群聚著歡欣鼓舞。

「老大，真有你的！165 公分的咖真的不是個咖，我看她根本虛報。」

沒有五官的怪物，其實更駭人，顏色漸層，陰森森的。它想拍桌！想罵人！但這容易破壞了一種心思縝密的弔詭樣。

怎麼 4/17 那天，肋膜邊境就有人急著宣告反叛？

怎麼那一道急速光就被發現了它們的存在？它們都埋伏這麼久了？

小曼可是說過要和平共處的哦！

現在是誰想不信守承諾？

老大愈發顯得暗沉，邊上的嘍嘍們愈發顯得開心。一路進攻的成就感，雖然攻不進腹腔，雖然攻不進骨髓，雖然攻不進頭顱，好歹突破了重圍，實在可以再分支成第三支基因變種部隊，進行一步燎原。

其實我們一直是好好的相處在一起的一體，不是嗎？它並不是半途被植入的一塊纖維。友情為何變質？親情為何變得費力？愛情為何總要分分合合？老大也搞不懂，它本是一塊嫩肉，突然成了一方土匪？被簇擁成王？還舉棋不定的想著要翻臉或是講和？喜是乍見之歡，愛是百處不厭。何時開始不愛？今日還被叫成了壞蛋！

T

我是個執拗的人，臺灣話叫「蠻皮」，有的時候它若以一種擇善固執的角度出現，我個人感覺還是不錯。所以遇到同類人，我會小生氣，不會怪罪。

胸痛之始，起碼可以追溯六年。那是一個夜黑風高、覺得孤單寂寞、覺得冷的夜半，我把自己入戲在江蕙的歌曲當中，邊唱邊哭邊喝著酒，喝得醉醉，唱得哭得撕心裂肺。是的！我一個人！同層樓也沒鄰居。那個時間，凌晨 3：30。

　　自那次後，每隔三差五，準時 3：30，誤差 10-15 分鐘，正常的睡著，便要揪心醒來一次，紀念一個大事件般的儀式感一樣。後來頻率愈來愈緊，我看這狀況不妙，兩三年前去了一趟長庚，掛了心臟科，來回排檢查跑了好幾趟。好！心律不整，心臟帶電，這些名詞我也不懂，而且十幾年前我也在高雄聖功醫院得到過這個結論。

　　看醫生是一種安慰，因為我不專業。可是我沒好轉，輾轉去吃了中藥，狀況就時有時無。有一回夜半醒來，還寫了個小文，放在我的貼文串：

　　「夜半，又是心口一陣酸軟醒來，也好！鬧鐘設在 6：15。人生這麼長，也不差這三個小時。

　　在快樂與傷痛當中，人們總是趨樂而及，殊不知美麗與哀愁是一個配套。有時候我換位思考，想起那些小人，應該要燦然一笑！壞的來過，美景即將再現了，是吧？

　　偶爾翻閱曾經留下的文字，重新看到那個電量破表的自己，到底是何方的鼓勵？消滅我的，又是什麼誤以為的美麗？

　　懵一陣，懂一時，正適合千篇一律的人生；我卻將它翻攪一塊兒，笑著心酸，痛著享受……

　　我還沒完全瞭解自己，但我慢慢看懂了老天爺。」

　　查了一下落款是 2020/3/10 上午 4：11。

　　反正半夜一定要醒，醒來當個浪漫的詩人，也不算白醒一場。

拾遺

母胎單身來，最後也是得一個人走。

有時候很難想像，拼湊了很多人生階段，從青澀懵懂，到面面俱到，吸取了很多教訓和經驗，是為了往下傳承，還是只是圓滿了自己沒有白來一遭？

在很多關係的連結當中，我總是很急切的，想要分享得來不易的榮耀，和不時襲來的挫折。回頭想想，這些都本該只屬於自己的，何必拿來告訴別人？佛家所謂的欲求，帶不帶點炫耀的自滿，和刷著存在感的討安慰？

很難告訴自己，我不喜歡掌聲；很難告訴自己，我只喜歡獨自哭泣；很難告訴自己，我很堅強；很難告訴自己，除了自己，我不想討好任何人。但是，那麼多「難」，我卻常常陷入其中。本來我以為，如果人的一生不用吃飯，我的生活應該會簡單許多。為了要混口飯，不自覺的競爭，落俗的現實，還得偶爾泯滅著良心，說誇張的話，或打擊著誰！一個人就罷了，停停走走，也不礙事，偏偏總是為了想要好好照顧著誰，連自己都沒有照顧好。

用藉口搪塞自己很簡單，就怕看到別人眼中被打分數的自己。所以要努力做一個真正的好人，扮演一個處處討喜的角色；於是常常懷疑，是不是自覺不夠好，才需要外界的肯定？

我想，每個人應該都走過自己覺得很理想，很璀璨的一段歲月，常常不絕於口的說予人聽。就像男人常常喜歡講述當兵的英勇事蹟，天天可以跑五千公尺，潛臺詞裡是不是表示，目前連走五百公尺都覺得疲累的一種緬懷？女人是不是也經常攬鏡自照，數著白

髮，想著窈窕美麗的過去？

　　這些鳥事，對我而言，聽起來都感覺太閒。人生都還沒走完，還得繼續吃飯，哪裡知道下一段不會更好？我的身分證就光臨過戶政事務所好幾回，每一回都面對不一樣的結束開始。開始伴隨著一種結束，結束又象徵著另一個開始，循環著的浪潮，卻是不一樣的律動。

（二）

A

進了醫院，很順理成章的讓我這個平日孤單的母親，和兒子同處在一起。進進出出的檢查，做了電腦斷層，做了支氣管鏡，他只能是在我需要坐輪椅時推我，或躺床時推床，檢查時他無法在我身邊讓我拉住他的手。

從出社會起，就知道自己不是一塊坐辦公桌的料，我慣性的自由，最害怕幽閉空間。有人形容電腦斷層和核磁共振就像躺著臥舖過山洞一樣，並不可怕，他們安慰我，我只要躺著就好。可是在我的解讀裡，它和送進火化的輸送帶沒啥兩樣呀！我只好是全程兩眼一閉，心唱著〈心經〉，等唱過了四、五十分鐘後，兩眼一睜，恍如隔世。

最折磨的是採檢體這件事。壞東西長在肺，怎麼辦？醫生說要做支氣管鏡，就是把管子從鼻孔伸進去，內視鏡會變形成小爪子，夾幾塊肉出來。他告訴我，像做胃鏡一樣。胃鏡？太好了！出入胃鏡室我可有豐富經驗了。但事與願違啊！我當下痛苦的像溺水一樣，電腦顯像裡血水不停的冒著，折騰我了十幾廿分鐘。我彷彿重臨童年那一段往事，差點溺斃在泳池的感覺。

出了診察室，我洩氣極了。前面都可以苦撐過去的，為什麼不多堅持十幾廿分鐘？我的心好沉，不得不面對它的存在，壓著我喘不過氣的胸口。我不是被機器打敗，我是敗給了自己。

我難過的對兒子說，醫生騙我，他不是說像照胃鏡嗎？

　　兒子說：「媽，你的胃經常有異物進去。但鼻子沒有。」

　　看吧！讀書人就是不一樣！他有邏輯，不會上醫生的當。

　　支氣管鏡雖然是失敗了，但也不算是失敗。檢體採樣只是不夠多，而不是前功盡棄，起碼醫生找到了點東西，足以進行染色。

　　醫生來巡房，問我：「你抽菸嗎？」

　　我一時語塞。點了點頭。「可是有很多人不抽菸，也是得肺腺癌啊！」我回得理直氣壯，是一種羞慚的掩飾，一個會抽菸的女人，感覺就和道德感脫勾。

　　「妳是小分子細胞癌，這是抽菸才會導致。」醫生說。

　　我心裡飄過這樣一句：「可是，我多的是朋友一抽抽到七十幾歲，別人就不會這樣？」念一轉，算了，不辯了！你以為你做過什麼沒人知道，俗話都說了，舉頭三尺有神明，更何況文明這麼發達的世界，凡走過的路，不再只是自己知道的足跡了。

　　因為檢體採樣不夠，只能暫時確認這樣。於是乎，醫生不得不會同胸腔外科，來一場穿刺。

B

　　「老大、老大，天降爪子！」這群小鬼，明明興風作浪著，感覺好像一時也被嚇綠了。

　　老大輕輕顫了一下，感覺到了右側腦膜有股涼意！和這幾年來，每回小曼側著左睡時，被擠壓的酸軟感大不相同。礙於體積龐大，它只能是挨一拳似的，沉沉的「嗯」了一聲。

　　「可是老大毫髮無傷呀。」邊上的嘍嘍竊竊私語著……「被捉

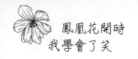
的是我們……。」

這些輕到如血流聲的言語，彷若千萬隻無形的爪子捉在老大的肉上。它不知道嗎？小曼不是說要和平相處？當背叛一旦形成，那麼，去背叛「背叛」如何不順理成章？今天捉到的是這些小分子，誰敢擔保下一回不是它自己了？誰能是天生的壞蛋？還不是被你小曼逼的！

「嘖嘖……還說嗎？還說嗎？我們算什麼？我們只是一縷煙罷了……」團團圍住老大的這群小嘍嘍們，看著老大右腦膜少掉的那圈消失的伙伴，聒噪得很……。

T

醫生告訴我，是肺腺癌第四期時，檢查還沒有完全做完。我沒有半點錯愕，彷彿它該來，連兒子在那個宣布慘況的現場，見我垂下眼皮時，也默不作聲。

我一直被感覺很有心事，好像真的很明顯，明顯到我也被蒙在鼓裡。連我大樓物業的小保全都告訴我：「主委，妳要快樂呀！」我很納悶，是你有事嗎？

不過，我身邊的人，都知道我小時候很愛哭，極可能是我也愧疚被期待的性別錯誤。都說會哭的孩子有糖吃了，怎麼我哭到哪都被嫌棄得多？很多止住哭聲之時，我都是被抱到隔壁賣饅頭的那戶人家手上。這些話都是長大後聽大人轉述的，幼時的我，不負責記事，只負責哭和……吃隔壁的饅頭吧！

父母要創業，我們搬家了，我沒了那個饅頭依靠，當然，我也

漸漸懂事了，會到處亂跑了，知道哭沒用，後來我就躲，能怎麼躲就怎麼躲。最厲害的是國小一年級時，我躲進了一場大同醫院的醫生都束手無策的病。那時爸爸常常是下工後，用野狼125三載我和媽媽，高雄屏東兩地無論風雨的往返很多人指報的名醫。眼看著白血球指數一直高居不下，醫生帶爸爸要把我送去和一堆血友病的孩子關在一起。那個病房很大，病床很多，小朋友很多，穿著白衣服，光著頭，白著臉，他們全部都瞪大了眼睛看著我，可不是歡喜迎接朋友的感覺啊！我又哭又鬧，死死拉住爸爸不讓他走！我是不是玩大了？大人不懂嗎？小孩子的躲迷藏是為了再次現身的驚喜，而不是躲出一場天人永隔！我的姐妹一直到現在都還很吃醋，為什麼爸爸最疼我？因為她們沒有共情我們這場人神革命！

　　家裡是在傳統市場內做雜貨店生意的，回家的那幾天，我只能晦氣的天天躺在躺椅上，被穿梭的客人指指點點。結果是對面賣魚的一位嬸嬸抱著我去尋了一個中醫，兩帖中藥就把腸子裡的悶氣給打了出來。我好了，也回學校上學了。曾經去家裡探視過我的老師和同學也覺得很神奇，我居然沒有掛掉！就是沒掛掉，也就學聰明了，一直到高中畢業，我就是經常出入保健室的常客，這裡痛那裡痛的。反正是不是真的痛，保健室阿姨挺好唬弄的。

　　愛哭很難戒，因為我總是被罵，愈罵愈哭，又怕犯錯，連被機車撞了都不敢回家說。加上躲藏的行為一旦躲出個安全感，就是條好出路。書念得太少，不知道拿什麼理去和人爭？不懂，也不會頂嘴；但傳統的那一套君君臣臣父父子子我是遵守得槓槓的。一個守禮但不知理的人，似乎錯付了時代。

　　所謂的「老二心態」，不就是畏著縮，陪著笑，坐實我老二的身分就好？家姐獨立，都和朋友玩，不愛帶著我，總嫌我是個拖油瓶。等到我自己出了社會，才見識到外面世界的人個個豺狼虎豹，沒有保健室阿姨好唬弄；加上一哭兩哭，好機會都哭跑了。完了，不行！我才二十多歲！不然，換個方向，我笑笑看。

　　「戒掉」與「學到」哪個難？當時還在進行中，我還不知道哪個成效迅速，可是我常常在這兩者之間辛苦的拔河著。「學到」慢慢的笑出了一條人見人愛、花見花開的業務路程，甚至火速燦爛得很輕浮，能跑能跳的青春年少，就算在迷宮裡團團轉也樂得逍遙。入門學習的初階表象，卻唯妙唯肖的如同天生就風華無限。「戒掉」只是被片刻忘記，它躲得很深，有時在淌著血的心裡、有時在夢魘裡；其實它也淺得容易，在人群之中突然的無語，忽然必須探出頭來呼吸，躲在一個自燃的煙霧裡……

拾遺：咖啡概念

　　即便只是啜一口咖啡就會心悸難眠的我，最近一天不喝就覺得不舒心！常常今日黃昏裡便盼著明早快快天亮，才能肆無忌憚的暢飲。

　　洋東西，在我固定生活模式裡占很少很少的比例，尤其是送進肚子裡的。我喜歡它的優雅，卻從來耐不住它的後座力。在拒絕的背後，永遠隱藏著想愛又不敢愛的情愫。終於是，可能是，荷爾蒙在變化，與它熱戀了起來。

　　偶爾看到某些廣告，某些有關的文章，覺得該理一理自己的變化。

　　City coffee 的廣告「再忙，也要和你喝杯咖啡」，耳熟能詳，充斥三五街道口，它普遍了，不能不跟風，所以有戀人的可以套著廣告詞說。

　　聽說，手拿一杯 Starbucks 趕捷運或行走在路上，就能推斷是高級白領，那杯咖啡是身分的象徵。

　　理財的宣傳文裡寫的是，只要一天一杯咖啡的錢，可以累積二十年後的退休金。

　　該不該喝？怎麼喝？跟誰喝？對我而言，好像都不成問題。慾望相對於一個五十多歲的女人來說是有分寸的，牽強作文並不適用風燭歲月。愛了就是愛了，再後悔也沒幾個年頭。

　　那天我在朋友的店裡，看著冰滴咖啡是一滴一滴精萃而成，像時光沙漏一樣！也許那些廣告文倒也不算牽強：戀人的愛，是時間的點滴匯集；Starbucks 能表彰名牌身分，和上班族一樣日日經營，

絕不是一蹴而立；真能一天多留下一百塊錢，二十年後確實也是個大數。積小而大，累短而長，從平凡至偉大，大約就是咖啡概念的生成吧。我想。

那我喝的是什麼呢？我發現我的癮頭是貪個「苦」，由來已久的苦推動人生，居然是個存在的理由，一種不想被打敗的信念。

每天早上的一杯美式，告訴自己，繼續加油！

（三）

A

　　要做穿刺的前一天下午，要執刑的劊子手來到我病床前，和我輕鬆了聊了一下天，簽了麻醉合同。周醫師告訴我，因為我得配合著電腦斷層的山洞，按他們從擴音當中的指令，吸氣、憋氣、吐氣；而且全麻會讓我體內的壞東西也睡著，所以他只能為我局部麻醉。

　　我問，會痛嗎？（對一個命都快沒了的人，怕痛是個什麼鬼想法？）

　　他說，會有一點痛。

　　我心想，他若說不痛，我會說他是鬼話；可是真話卻真實到讓人腿軟。那麻藥打假的嗎？

　　當晚十二點過後，我需要禁食。雖然我一進醫院的那刻起，病床架上的點滴瓶沒有停過，但在兒子陪病之時，我吃得最正常，最愉快。

　　他總會在總結了正餐之後說，來點杯珍珠奶茶吧！

　　我說，手搖飲不健康，更何況現在生病。

　　他又說，媽，珍珠奶茶代表一種快樂！

　　是！點吧！珍珠奶茶是一種無上的快樂！我可能未來再也上不了舞臺了，還怕身上多長點肉？更何況我今晚的夢魘又會圍繞在火化的輸送帶上，何妨先樂上一波吧！我不知道我會不會因為珍珠奶茶而快樂，但我可以看到兒子臉上的快樂！

　　平常，每逢出門雖不是一定要光鮮亮麗，但我必得是要整潔挺

拔，可是這回，我得躺下了。躺在我的病房被推到走道，進電梯，然後再接走道……

就這樣一路閉著眼睛，閃過那些注目禮，進了手術室。等著我的是一位男護理師（天啊！我最怕男護理師了。進急診那天 ON 上手背的留針，就是男護士做的，每天沖水都要皮痛一次）。他示意我爬上輸送帶，然後等候著周醫師到來。冰冷的儀器不斷的被挪動著鏘鏘的聲音，一切在這即將發生的行為都不帶點人性，在活生生的肉體上，要刺、要切、要刮、要刨……。

被推出病房那刻起，我死死的抱著佛腳，在心裡唱了不十次的〈心經〉。周醫師來了，寒暄了幾句，他親切和緩的笑，背著日光燈的光環，卻儼然是個菩薩降臨。

穿刺手術的進行，就如同前述，我在那個沒有火的火化排練現場，被輸送帶送進送出了好幾回。我是還沒戴上緊箍咒的妖孽孫悟空似地，火焰山都燒不死的概念。這來來回回當中，要閃過胸肋骨，下麻針、穿刺、打洞、夾組織……一個洞要下三處麻針，總共打了三個洞……我一遍一遍的唱著〈心經〉，卻一樣很分心的在數著這些殘酷的過程。我記得前提有說，這手術會進行大約一個小時時間。我不能再輸了，不能像做支氣管鏡一樣再承受一次挫敗。

局麻的藥性雖然是集中在胸口，但它暈染上了我整個腦門，我的眼耳鼻舌身意，我只能深深的自心裡歎了口氣，而那氣卻不是從口中吐息，而是我那被打開的胸膛，心涼涼呼嘯而過的一陣風。

男護理師對我說了一句「加油！」，在我默數的第三十分鐘。我很清楚，他肉眼都看到我快要折騰不住的心了。

醫生沒有告訴我他會幫我打幾個洞，我只感覺得到他的下針紮得很深，開了洞後像開礦一樣的鑿，我被麻醉的發聲系統像麻膛的槍管一樣，完全使不上半點呼救的力量，只能是發出下意識挨了拳的悶聲，像海嘯的底層壓抑著爆發的能量。

將要推出手術室時，周醫師拍拍我，說：「妳是一個堅強的女性。」

我毫無任何力量開口回應他，但我試著抬起無力的手肘 45 度，用大姆指對他點了兩下。

回了病房，我緊緊握住兒子的手，海嘯慢慢的在退麻藥之中醒來，我叫他低下身來讓我抱著，我不想「更」了，我好累，我需要依偎，我需要大哭，我需要回復我本來就很會、一直我以為我已經「戒掉」，卻被成功隱藏的那個天賦——大哭……

B

老大心裡想，是欺負我人大呆狗大笨嗎？動土動到太歲頭上來了！雖然它確實大到不知道自己最遠的觸腳在什麼地方。

就在下午，他的腦門先是感到一陣疼痛而後酥麻，沒過多久便飄過一陣風。小嘍嘍們驚恐的發出尖叫聲，就像前兩天前一樣。眼看著紮在肺上的腳是移動不了了，偏得由它們的驚慌四處傳遞。嚇死人的一向是氛圍，不一定是行動。

整個原本一片漸漸穩紮穩打的黑暗樂園即將建成，再沒有比恐怖更恐怖的布署，樹根似的分枝，皮層般的淺薄，卻令人束手無策。

他們沒有見識過什麼叫天氣，什麼叫溫差，活脫脫的無氧生命，

是一點一滴由小曼自己累積起來的。

老大想，小鬼們是小曼。我也是小曼。我們從一開始，一體叫小曼！隨著小曼開心而快樂呼吸，隨著小曼的悲傷而慢慢抽啜，小曼受得起那句硬底子的誇獎：「妳是一個堅強的女性！」她絕對受得起，並且當之無愧！

別人罵她，她很少回嘴，笑笑後便轉身。堅強！

朋友火急火燎的來借錢，結果催還時卻雙手一攤說沒有。除了刪了這個朋友之外，她黯然神傷。只能告誡自己，別再上當！

穿了件很漂亮的露背裝出門約會，卻被男人拽開手，叫她回去換。她覺得憋屈，也乖乖順從！

走在路上，迎面有機車騎士逆向來襲胸就跑，她也只能錯愕跺腳。對誰也不敢講！

有人說，只要當他女友，就幫她出唱片。她想都沒想，交換？門都沒有！

任何一個人說的任何一句話，都會在她心裡轉個十圈八圈。更別說有客戶不滿意的一個眼神，都會讓她懊惱好幾天！

身為她身上的一枚，器官？不對，細胞？不大算，算是一群細胞組合好了，可是，我們好像被敵對了。

「老大，老大，我們明明就是她，她為什麼要對付我們？」

「是啊！她有病嗎？自己對付自己？我們就和她一樣，選擇『堅強』！堅持『堅強』！」

經過下午的一頓折騰，小嘍嘍們哀鴻一片，有的缺了腿，有的缺胳臂，最慘的是老大，身上多了三處傷，還有好幾處的針孔，都

還在隱隱作痛。這些小鬼頭說得對，小曼有病嗎？自己對付自己？

兩個小曼要抗衡！

老大搖搖頭，長長的菸管嘴已經被夾掉一塊，下午那一陣陣麻忽忽的感覺已然慢慢褪去的清醒。

「沒有兩個小曼，」……「我們就是她的——堅強。」……

T

檢查的事，在姜醫師的安排下，非常的有條有理。照他的規劃走，我沒有半點疑慮。反正在醫院，就是聽醫師的話。在發病前，我有我的日常。可是，這些日常要被迫改變了。

我不知道所謂的四期是怎麼算的？如果是第四期了，我還有多久時間？眼看著我已經入院好幾天了，當然，此週該請假的課程也都請假了，但未來呢？

我的姐姐是念護專的，我妹妹是助理醫師，在醫學方面，她們懂得比我多。我能感覺她們比我憂心，都說知識是力量，現在它成了一股提早悲傷的力量。

我先是用了兩個下午的時間，把每班課程工作的對口做了個交代。在不完全懂病情的狀態，我很平靜的把病況和未來可能要面臨的狀況據實以告給各區社大，和我自營班的各班班長。當然，有一兩班，我實在不知道如何開口，因為我得親自去退費。另外，我得把我已經預接的表演場找到代場主持人，不過前提是，和我交涉的新人及公司單位他們也願意接受我的安排，但我並不想說明我的病況。人家正要歡天喜地的辦喜事呢！怎好聽見我這事兒！

在這些過程中，我很明顯的聽到對面話筒裡傳來的哽咽和斷斷續續的無語。

「聽了好難過，老師，妳好好養身體……」這是最通俗、都有出現的一句話。

而我說的是：「我們先處理事情，不要有心情。我很抱歉讓學程造成中斷，辛苦的是你們要頭痛後續的安排。」

我不需要安慰！也不想有太多人知道。所以發布停課消息，我便先退了群組。

那幾天，兒子也該回去繼續上課。我除了進出侵入性檢查時會有麻藥褪去的不適，其它的身體狀況是很好的，反正呼叫鈴在床頭，護理站也在離我二十步路內。我讓他安心回去先上課，自己只能乖乖的等在病房，等著醫師來宣布各種檢查結果。

有一晚，美國妹妹打電話來了。她劈頭就「哇……」的大聲一哭……

「二姐，我不知道我該說什麼？可是我一定得打這個電話……」我們身上流著同樣的血，當然感受得到她的鼻涕和淚水在口鼻黏膜絲絲交融，哭得我的心都快崩潰了。

我說：「不要哭，妳在醫院工作看得還少嗎？啊我是要死了嗎？」

她說：「我知道啊！可是妳是我二姐……。哇……妳確實是要死了啊……。」

我只能說，天啊！老妹啊！妳在擊敗我啊！真話好殘忍啊！偏偏當事者的我卻渾然不知覺。

　　她邊哭邊把知道的病情狀況，很直白的告訴我，並且叮囑我，一定要等她回來。她會儘快！

　　通話的二十分鐘，我腦門像炸了一樣！不明白的專業資訊太多，聽得懂的白話就是，再也活不久了。我記得我還問了她一句，治療過後若還能拖個十年八年，也不急這一時。她說，沒辦法！（這個美國人，講話就是不婉轉。）好！那三年五年呢！她說，也沒辦法！（拜託，誰來教教她呀！）

　　難怪她哭！搞得我也想哭了蛤！聽起來這麼艱險的路，賠率還這麼小，有點數學概念的人都不願意下這場押注！

　　我試著和她聊聊家常，但顯然西方人和東方人所認知的家常已然有所不同了。我們兩個同是魔羯座，工作一向擺第一，而她的專業當然是聊病情的重點！我一向覺得她除了讀書好棒棒以外，其它的事都傻乎乎的。二十多歲就傻乎乎的一個人整了行李去美國念書。舉目無親、無所依靠，英文又不是熟到可以引經據典跟人吵贏架的那種程度，也沒想到要是受了委屈該找誰去？真不知道是哪來的勇氣！居然還在美國安安穩穩的紮了根！她沒有我姐那麼精明！我姐姐精明得從小就看破我老是裝病的把戲！所以當我第一時間在姐妹群組裡說我住院了那時，她第一句話回我就是：「你別鬧了！因為 COVID-19 醫護人員都忙翻了，妳去湊什麼熱鬧？」

　　掛掉了電話，我終於深吸了一口氣，反正閒著也是閒著。我打開 Google，搜尋「肺腺癌第四期」，然後，一個人坐在病床上，抱著雙膝，在病房裡理解著這些宣判的文字……然後鼻酸……

拾遺（一）舞臺起始

　　我擔任婚禮主持人的工作已經有十年了。這個起頭是這樣的。

　　兩個兒子慢慢在長大，我知道有一天我即將會面臨空巢期。年輕時，我是一隻自由的小鳥，二十八歲飛進了愛情的墳墓，就算被眷養得連翅膀都退化了，但我終究想要擁有屬於自己的視野，所以在相夫教子的日子裡，我做過很多兼職和充實：偷偷出去跑半天型的業務、寫副刊、玩串珠、還去學了黏土和流行鋼琴。三十八歲那年，藉由我的鋼琴老師莊重德老師的鼓勵和牽線，認識了一個美女長笛老師，她引我進入了表演界。

　　只有少部分人知道，我在鳳山鳳凌廣場駐唱這半年，花錢買了電子琴，卻沒領到半毛錢鐘點費，很丟人，都不敢告訴別人。因為包這攤生意的人是個無賴，而且我是個不會耍狠的軟腳蝦。還好，「禍兮福所倚，福兮禍所伏」有一晚，我唱完後，有一對可愛的小情侶手牽手來到舞臺邊，說：

　　「小曼老師，我們想請妳來唱我們的婚禮。」

　　天啊！我真是喜出望外了！唱歌這事對我來說太容易不過了。我連忙說：「恭喜啊！沒有問題。」

　　「可以順便幫我們主持嗎？我們的流程很簡單。」

　　「可是我不會耶！」我有點慌了。我連自己都沒有婚禮，對婚禮一點概念也沒有。

　　「妳可以學啊！YouTube 上面很多。」小新娘子很天真的，依偎著她未來的老公說。

　　我答應他們了！因為距離他們的婚禮我還有一個多月的時間

可以準備。而且，我在駐唱的這個階段中，認識了很多表演人，我可以去請教，也可以去 YOUTU 學習，加上我本身就有寫稿的能力。他們一輩子才一次的婚禮大事都敢交給我這個完全沒接觸過的菜鳥了，我有啥不敢的呢！

「學習」這檔事，對我來說很容易，只有讀書比較難。我十六歲就出來打工，十八歲高中畢業就入社會工作，雖然我爸媽老是說，我「一年換二十四個頭家，回家吃尾牙還攔早早」，從不懂如何工作到混進業務界如魚得水，哪一個環節不是「學習」來的？學著端盤子時打翻過幾次高腳杯，被吧臺師傅白眼；學著坐在無聊的辦公室，一天到晚打不完的報關資料，明明每份都有打錯哦，可是卻沒有一份被叫撕掉重打；學著開始去站櫃做服飾銷售，舌燦蓮花的睜眼說瞎話；學著當業務去應酬乾杯喝到半桌以上的人全趴下……一混兩混混到當業務經理，還在那個未三通的年代，從臺灣混到大陸去。

想起那璀璨的十年還真能混！好漢不提當年勇也就算了，三十八歲了還能上舞臺去主持、唱歌，前想後數，對我而言，人生有什麼難的？我回想起來，讀書真的比較難嗎？因為孩子那時也正在讀書，我決定身教，也去讀書！從此關掉八點檔，彼此互為伴讀。同年三十八歲我去報讀了國立空中大學，四十二歲時修滿 128 個學分圓滿從商學院畢業，而且多修了好多我喜歡的人文學科。

天下無難事！這是我跌跌撞撞，一路的座右銘！

拾遺（二）我的大日子

今天，是學校的畢業典禮。雖然我上學期就把學分修滿了，但配合學校作業，今天才穿上學士服並且拍了照。

或許對很多人來說，現今的社會，念大學不是什麼了不起的事，不值得大張旗鼓，但它畢竟是我夢想清單之一呀！一路拿著好成績之時，我就希望家人能來參加我的這場盛宴。但是……

爸爸說：「妹妹念了兩個美國碩士，大學畢業有什麼好參加的？」

老公說：「去讀書只是為了真正學到東西，典禮有什麼重要？」

兒子說：「我將來一定讀得比妳高。」

於是乎，我一個人參加自己遲來的畢業典禮，心裡頗感不足。特別是，我旁座的同學，一家子包括老公，一個兒子，兩個女兒，都參加了，還獻了花。花卡上寫著：祝媽媽鵬程萬里。

怎麼會有小孩祝媽媽鵬程萬里的？孩子不是都習慣依偎著媽媽，不希望媽媽飛太遠的嗎？所有的老公害怕自己的能力輸給老婆，總是希望把老婆拴在褲腰帶上的嗎？

在畢業典禮的全程，我眼眶濕透了！

第一，沒有家人來幫我同聲慶祝。

第二，我羨慕了很多家庭成員的支持力量。

第三，我為自己的努力感動。

第四，最老的那個畢業生七十二歲。

第五，有個退休的校長，髮色花白，和我一同畢業。

當然，還有六啊，七啊，八啊……現在想來都還會掉淚的場景

和回憶。

　　不容易熬的這 128 個學分，有人還修了十年，二十年，我四年就完成了！

　　很期待的這個日子，雖然遲到了二十多年，但我終究是做到了。很多人問我，做到了又怎樣？

　　現在我會答：「不怎麼樣！我所得到的，我自己很清楚。」

（四）

A

我精明的姐姐該去幫我跑的關係已經跑了個遍，姜醫師的安排也都順利做完了，除了一個正子攝影。病理科說要做，可是得再等個天的排程。我已經進來十天了，哪兒都不能去，連最舒服的家都還沒回，加上隔壁來了一床很吵的看護。看護的電話在響，生病的老太太電話也在響，她們好似搬進了一整個家，衣物掛滿了整個共用的浴室。我沒和他們聊天，但是從他們通話的聲響裡，我清楚知道，老太太有兩個兒子加一個女兒，看護有一個女兒，而她最愛聽的是〈西海情歌〉……我明明躲開了喧譁的世界，準備了要飄飄成仙的氛圍，一下又被拽進來凡間，告訴我，沒那麼多好事可以讓我占盡。

我要出院！我要出院！

姜醫師來到我病床前，說了他的計劃。原本打算用免疫療法，但因為我的狀況太罕見，只能一打一，目前可能還沒有一石二鳥的武器可以同時打敗我胸前的兩種變異癌細胞，但又害怕它蔓延得太快，所以先從傳統的化療做起。先抑制它，做基因檢測，再慢慢想辦法。

我想起妹妹的話，也讀懂了八成 Google 對肺癌與肺腺癌的解說。我告訴姜醫師，我不需要安慰。能不能明白告訴我，我到底能治到什麼程度？我太不耐煩了人間的紛擾！

他說，蔓延狀況並沒有很厲害，雖然已經到淋巴，但還沒越過

右肺，可以拼拼看。

拼拼看？要拼多久？我曾經在袁詠儀和劉青雲主演的那部《新不了情》裡流了很多眼淚，也大概能猜得出來那個拼搏的過程會有多大的艱險。能過，是不知道過多久？不能過，就是像隻玻璃箱裡的小白鼠，除了等死，哪裡也不能去。

「如果我不治，還會有多久？我會怎麼樣？」切確的心裡獨白是，我會怎麼死？死相難看嗎？如果我死得不會太難過，不要太難看，我都可以接受。

姜醫師顯然很為難，他說：「我覺得還是很有機會。」

他身邊的助理也很為難。連忙接著說：「妳才五十多歲，還那麼年輕……」

「如果用三個月的治療換一年生命，我不想治了……」

我知道我打擊到他們了！這是我最不想做的事，就像我從來都不把任何人當偶像，也不曾想過要去超越誰。我的眼眶好熱，心卻不慌……反正，我就是想要回家，我又想躲起來了……

B

小曼不想治了？

老大和小嘍嘍們平靜了好幾天，原本還很鬧騰「啵」、「啵」、「啵」的氣泡流血聲，也小得似無聲。

戰況突然陷入了僵局，敵不動，我們怎麼動？「兵者，詭道也。故能而示之不能，用而示之不用。」4/17 那天，是不小心的攻其無備，還是出其不意的莫名警示？

47

我們是我們，是一個小曼；所以我們不能自稱為「我們」，是一體，不是敵。真正的敵，已然出現過幾次，從點滴裡，趁著血流的脈絡，把它們作亂的版圖給團團圍住了。後來沒得鬧，是因為輪班的護士們會用藥迷昏我們。

老大和小嘍囉們平心的商討著，也許我們該相信小曼所說的和平共處。她活著，我們在；她不活，我們也不在了。不是嗎？壞蛋要殲滅對手，是為了統治，而不是為了一同奔向死亡。

慢慢，我們懂了，雖然那些藥劑和真正的「人身攻擊」，傷的是我們，但痛的是她；在這段期間裡，她的眼淚，讓我們一次比一次柔軟，而不是堅持得更壞；她沒想要拔除我們，因為我們是她的一部分。

我們想，沒有任何一個人本質就想對自己不好！當她什麼都不懂時，她並不知道自己缺乏了什麼？直到有人嫌棄她，長得不討喜還愛哭；直到有人笑話她，腦袋笨還以為那叫善良；直到被人利用殆盡，還以為自己到底多重要……那些傷，變成了「惡」，不是去「惡」別人，便是要「惡」了自己。

「老大，老大，我們都作怪這麼久了，早就忘了以前是什麼好模樣。」小嘍囉們好似也讀懂了老大的心腸。

老大想，單一狀況有什麼難的？醫生都說了，兩軍夾攻才是棘手。在醫生眼裡我們是敵人，但小曼很清楚，我們是被人織上的心結，一旦拿回自己的「主人權」，還有什麼不能迎刃而解？眼下是敵人在外頭，舊的揮不去，新的又要來，等著她要不要答應應戰呢！

Ｔ

　　辦出院的那天早上，我躺在病床上看著大片玻璃窗外的景象，是一幢比一幢高的豪宅，白天有白天的豪奢，夜晚有夜晚的暖光。被折磨九天了，終於要回家了。

　　回了家，我要幹嘛？我想起了姜醫師的助理說：「妳還年輕啊。」我年輕嗎？我已經五十多歲了，不會再美麗了，也沒有太多體力了，加上這樣危險的疫情在這一時半刻根本不知道何時會結束，我想去什麼地方？見什麼人？有沒有什麼心願未了？一個沒有盼頭的人，萬貫家財都是多餘的，更何況我沒有。

　　想來想去，這幾年來，我所做的一切規劃，都很平順，就是賺錢賺錢賺錢。雖然有很多人都知道，我的收入只有微薄的學費，卻住著一個小豪宅；我一週上七天課，偶爾還要來者不拒的接場，希望一天的二十四小時可以分分鐘都安排得恰如其分。你問我，我有什麼盼頭？坦白說，連自己都搖頭。當我面臨過很多時期，苦只能往肚子裡吞下去時，我只能悲觀的認為，有些關係，真的是銀貨兩訖最輕鬆。

　　我收錢授課，學生付錢學歌。

　　我收錢演唱，客戶付錢享受快樂。

　　偏偏在這時候，因為停課及工作的接手，我只能據實以告我的狀況。我人在醫院裡吃吃睡睡，世外桃源一樣，手機卻透露著消息說，外面翻天了。

　　每天打開網路，LINE 就有一、兩百則未讀留言。問我怎麼了？為什麼停課？為什麼退群？生什麼病？怎麼病的？什麼程度了？

聽說屏東的學生群們已經在召集遊覽一樣，要衝到高雄來了。講眞的，我不想回訊，不知道怎麼回應，那麼多問題，我自己都還沒回答自己，就得先內心排練如何安慰他們？

很多學生愛唱那首勵志歌曲〈隱形的翅膀〉，但每一回，我都能聽得紅了眼眶，我甚至無法獨自唱完這首歌。因爲對這首歌的歌詞，心裡太有感受了。

> 每一次都在徘徊孤單中堅強
> 每一次就算很受傷也不閃淚光
> 我知道我一直有雙隱形的翅膀
> 帶我飛　飛過絕望

我不曾對任何事感到絕望，就算早上我對姜醫師說的那句「我不想治了」，在我自己的解釋裡，也不代表絕望。我只是在病了、累了之後，做了一個選擇罷了！

可是當學生群們不斷的發來鼓勵的影片，或者他們全班寫的一張勵志的紙條，和爲我加油的卡片時，我淚崩了……

> 不去想他們擁有美麗的太陽
> 我看見每天的夕陽也會有變化
> 我知道我一直有雙隱形的翅膀
> 帶我飛　給我希望

你們的太陽都比我的大？比我的美麗嗎？還是因爲我的慣性惡習，一躲再躲，躲得我和你們的視野不同？我沒有翅膀，但我有四個大車輪，爲了更強大的自己，更好的生活，每天往返很多地方在出勤。

患病後，姐姐曾經問過我：「妳有沒有覺得自己很倒楣，為什麼是妳？」

我說：「沒有。我始終相信，這世上的每一件事，不管你接受與否，都是上天最好的安排。」

她是不是很期待我像個潑婦罵一罵？也許罵一罵，身體裡的毒素就排空了？

> 我終於看到所有夢想都開花
> 追逐的年輕歌聲多嘹亮
> 我終於翱翔用心凝望不害怕
> 哪裡會有風就飛多遠吧
> 隱形的翅膀讓夢恆久比天長
> 留一個願望讓自己想像

對一個從小體弱多病的人，是不被抱著期望的；對一個不愛念書的人，只要自己能餓不死，就已經很厲害了；對一個在感情上屢戰屢敗的人，「寄託」只是個妄想；而「願望」是，日復一日的照表操課，然後還貸款，不要寅吃卯糧就好，樸實得很。

我從病床上起來整一整自己的細軟，趕忙要逃離這個地方。看看窗外，在美術館那方向，有幾棵鳳凰花樹，稀稀疏疏的開放著橘色的光芒，熱情的像各地捎來的問候和關心。不是才四月底？離別的時刻到了嗎？

拾遺

人說，十年磨一劍。站舞臺十多年了，經歷過大大小小的磨刀石。曾經我在一個婚禮的中場休息時，和端菜的一位大姐聊了個天。她問我，我主持一場多少錢？我用手比了個數字給她看。她瞪大了眼睛，聲音尖銳的幾乎叫起來：「夭壽！妳甲賀賺啊！講兩句仔話，唱兩條仔歌，卡贏哇跑甲大粒汗小粒汗。」

我想，這位大姐，在這個喜慶的場面，衝著您開口「夭壽」的那兩個字，我肯定妳是吃不了我這行飯的。「看似尋常最奇崛。成如容易卻艱辛」啊。

有一年，暑氣很盛，我特意選了條小花薄衫，但又不太花俏的洋裝，開著我的小白，前往臺南將軍漁港。我長得並不城市感，又有屬於南部人黝黑健康的笑，我給自己打了八十分的自信，要去完成一場任務。

就在那前幾天，有個臺中的新娘子在網路上找到我樂團表演的段子，她打電話給我，說要雇請我們去。她的婚期，是個公定的黃道大吉日，我已經早早接工作了。以我正常的接案模式，無法親力親為的，我一向不愛接。但是她的聲音聽起來並不開心，沒有新嫁娘的喜悅。

她說，歸寧宴一定得在老家臺南將軍辦，可是，她老爸說，要請康樂隊才會熱鬧。她卻很堅持，這是她的婚禮，她不要那種廟會氛圍！她要我的樂團，一樣是熱熱鬧鬧卻有質感的。

我看過很多在籌辦婚禮的過程中，親家談不攏，或新人在瑣碎的婚禮細節當中的不耐煩，甚至一拍兩散的，雖不多，但總覺得可

惜。兩個人終於可以談到有默契要一世相守了，怎麼就挨不住這小小的磨合了？可是這場，卻是在家裡鬧著，未演先轟動啊！

　　這場婚禮是肯定要辦的了！可是新娘不甘心讓老爸就在廟埕口用吃拜拜的方式就開心過去。老爸沒有錯！那種場合確實是鄉下最熱鬧的方式了。新娘也沒錯！她才是婚禮的主角。

　　我早早就出了門，那時的地圖還是一本書以及一張嘴。漁港旁，每個魚塭都長得很像，我在漁港邊迷混了好幾個路口，只記得上頭有兩座高架橋還在修建，連支指路牌都沒有。我在橋下轉來轉去，東南西北都跑一趟是準沒錯的，最笨最確實，和這趟旅程的初衷是一樣的。

　　進了鄉裡便好找路了！我先去看了一下，廟埕果然很大，停輛舞臺車，再擺上布棚，三、四十桌絕對綽綽有餘，還能搭個拍照區並且留條紅毯道。我能想像要是有神明壽誕或建醮時，人來人往的榮景，但此刻正是中午才過的 2：30，路長在嘴上，卻沒半個人可以開口，只有廟前幾條狗，側躺、仰躺，各種姿勢的張開四肢，曬著卵蛋，微瞇著眼睛，好不慵懶的與世隔絕中。

　　我找到了新娘家，媽媽正從裁縫機完畢了件工作起身，我先自我介紹，正要說明來意，媽媽輕輕向屋裡拽了兩下頭，示意爸爸正在裡頭睡著午覺，然後呶了呶嘴，小聲的說：「等著。等著。」

　　我很能懂媽媽的無奈。一邊是老公，可能一輩子都沒敢和他頂上一句嘴；一邊是受現代洗禮的女兒，她想爭取的，搞不好就是媽媽當年想要的。

　　我就在那門口踱著步，要坐不知往哪坐？因為要面對的人還沒

出現，不敢怠慢。站在哪好像也都不是，媽媽並不是太敢招待我。很明顯的一種父權壓力，堅不可摧。

大概快三點，爸爸醒來了。樣子不老，皮膚黑黑的和我一樣，但亮堂，感覺很是氣盛。他有點錯愕家裡來了個陌生女子，板著臉，惺忪的眼睛確實已經武裝起來。

先自我介紹吧。「爸爸你好，我是婚禮樂團的團長小曼。」我笑吟吟的對他說。

他意識到什麼了，瞥了我一眼，沒好氣的說了聲：「來咩衝啥？」

我沒有應聲，我能感覺他的緊張不亞於我。因為見到我之後，他和我剛進門那時一樣，在門裡門外的踱著步。這可是他的家呀！每天走的還不夠嗎？

他走到門外，我跟到門外，他走五步，我跟兩步；他又逛到屋裡，瞪了一下媽媽，我就守在他身邊，等著他向我開腔。

最後他要我坐下，在屋簷下的茶桌。他慢條斯理的轉開小瓦斯爐，把水燒開，用開水澆涮著茶壺和茶具，茶葉正在壺裡舒展著，和爸爸的眉頭一個樣。

「阮這是庄腳，歌舞團卡熱鬧啦！」醞釀了很久，他遞給我了我一杯茶，自己也哈著茶，徐徐的講出這句話。

我笑著哈著茶，點點頭表示茶好香，爸爸也說得好對！

我們就維持著，爸爸一直在摸著茶具，泡著茶。我們一同看著日頭，慢慢的，隨著大廟的斜角度往廟埕的紅磚地板打著光，60度滑到50度，滑到45度。那些愈來愈涼爽的狗，已然和大地融成一幅畫，睡得不醒人事。

「你是主持人，是不是？」爸爸問。

我回應了「嗯」一聲。「爸爸你怎麼知道？」

「阮庄仔頭嘛有一個主持人，生得水水呀，和你同款啊同款。」爸爸又說。天下的爸爸，雖然有他的執拗，可是他們都是閱人無數的。

爸爸問：「好啦！是你要來主持嗎？」

我答：「不是餃，我會派一團來演，請一個電臺的主持人來。」

他原本卸下的心防，立刻又圍起了拒馬，他有點生氣，感覺被耍，站起身來，便往屋內走去。嘴裡還嘟嚷著：「又不是妳要來，啊妳是來衝啥！」我感覺字尾那個口頭禪，「小」得很飄渺。

我們前前後後沒有十句對話，而且他現在還負著氣，但我心裡已然有了十成十的把握，完成了新娘子的期待。

人情味不需要科學來印證，更何況一家人在一起好幾十年，充實著一起開心的過很多年節，也一起面臨過很多難以啓齒的情節，任何一時的鬧氣和尷尬，在血濃於水的關係中，都不值得往心裡掛。

最後，爸爸陪我去廟埕走了一圈，口頭布署了一下現場。

最後，婚禮當天，我在高雄的另一場，收到他們的錄影片段。每個人的特寫都笑得很開心，彷彿，我不曾去過，這事兒也從沒發生過一樣。

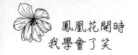

2020 庄君

貳　面對與選擇

罹癌或許是生理上的一場劇終，但卻是一段靈機的甦醒。

我想，在我面對罹癌這件事時，全天下的人也正面對著他們自己的問題。

早餐要吃什麼？路過便利商店要不要點杯咖啡？

股盤綠油油的，是不是進場的好時機？

家人確診了，是不是該誠實以報，免得整個生產線因恐慌而停擺？大老闆會不會降罪而被開除？

每一個人，都身為一位多重角色，尤其是在這疫情緊繃的時刻，選擇如何讓生命能與生活都正常運行，各種環節事事順心，本來就是一件難事。那麼，我的事有比誰大嗎？這也就是，為什麼我必須在前言之前先寫個生前協議。

面對，不難，因為我已經知道了。

因為餓了，所以要吃早餐。該吃什麼？是一項選擇。我一向沒有選擇障礙，並且，多數的時候，我永遠是沒意見的那個人。

所以出院時，姜醫師已經幫我預定了下一次入院的所有工作程序。離開醫院後，第一件事，我聽從昕瑜姐的建議，去玉皇宮求了一支運籤；抽完籤後玉慧姐就連忙帶我去 LAONE 吃下午茶；回家後，我還是個正常人，洗衣服，擦擦桌子抹抹地，摸摸琴，腦袋空空的，腳步飄飄的，一上秤，53 公斤，比上高中時還輕盈。唯一不同，是我把手機撥成靜音。因為，即刻起，我不再是 On Call 狀態了。

我還沒有宣布要抗癌，前置作業都已經等在那，我也沒習慣去抗拒已經被安排好的事，只知道，世上所有事大概都和我無關了。

我真的可以只做想做的事，只見想見的人，只回想回訊息，不管外界的關心是如何排山倒海而來。

我主動留訊給我的副主委，說：「我是個愛漂亮的人，但是我最近病了，短期間不會再漂亮了，能否代勞我的職務？」他很仗義，立刻回我：「主委，妳好好負責恢復美麗，其它的讓我來！」從那時起，大樓祕書告訴我，副主委天天到大廳報到，還把物業的主任盯得死死的。

我主動告訴兒子，我已經簽了大體捐贈，沒啥後事可辦，大概只有什麼什麼宣告一下，免得想找我的人找不到我。他點點頭說：「妳說過的我都記得。」

還有什麼沒說的？該說的都說了吧！

我記得早些年前，時興著叫「生前告別式」，表示現在的人都挺忙的，明明還活著，還要忙著自己寫悼文。那我這舉動算不算呢？

我只是在處理身外的事情！這些事早晚要處理，因為我的時間緊迫些，我還有自己的事要忙呢！醫助不是說了，我還年輕，才五十多歲。是啊！所以我還能耳聰目明，趕忙把打算七十歲才要做的事，提上日程。

A 夢想

去年，我突然和兩個朋友談到「夢想」這件事。

一個很乾脆的回答我：「沒有。只要不去想，就沒有失望。」另一個欲語還休，沉默了一陣子後說，年輕時的夢想，只因當時的各項條件都不夠，一直到現在也沒努力去完成。我說：「現在你該有的都有了！可以去做了呀！」他回我：「不想做了，沒有熱情了。」

記得曾經在電影臺看到日劇《消失的時間》沒從頭看起，也沒看到最後，大抵知道它的大意，大綱是說：有幾個小學生，進入到不熟的山上玩，結果撿到了一顆蛋。大膽的孩子將蛋打破後，並未出現他們所料想的任何一種動物，而是，整個世界都停止運轉了。三個孩子到市街上去，車不動，水不流，所有靜止，沒有黑夜白日。他們很開心的玩樂著，終於不用努力念書，也不用受管，想吃想玩，隨心所欲。一、二週過後，慢慢覺得不好玩了，可是又不知如何回到原來的世界。第一個小孩慢慢也跟著靜止了，而另外兩個一熬就熬了二十年。最後也忍受不了這個靜止，一個一個自殺……。當然，峰迴路轉的後戲，就不消說了……

小朋友期待「不用讀書」，最後覺得「天天在玩」也不好玩。就是吃著喝著睡著，一輩子也就消失了。我反覆思考過這樣的問題，尤其是面臨很多轉折點的時候，夢想很善變。

很普羅的夢想之一，就是環遊世界。我有一個出國專用的錢包，現在裡頭有一些沒花完的各國零錢，這是一個疏漏，因為我習慣在回國機場前，把剩的錢全部給當地地陪。我留下了文字，留下了照

片，留下了回憶，就沒打算再回來一次。每場旅程都是冒險經歷，都是一件夢想的完成。能力所及內，我不想把它搞得很難！環遊世界可以一國一國拆開來玩，不用等到中大樂透。

但是它也又不能太小。記得我曾經和學生聚餐，我說當我老時，我要上山隱居，所有學生驚呼起來說，「老師，妳，不，可，能！」我心裡暗暗罵著，你們可真懂我！但是，夢想，不就是要人跌破眼鏡的那種才夠味嗎？

趁著這次療養休息，我決定認真敲鍵盤了，不用上山，也沒人敢吵我了。這個夢想一直沒做，是因為它賺不了錢，而且，像我這種腦袋會轉彎很快、每天又到處跑竄的人，無法定下心來。

我先是把自己存留下來發表過的作品審視了一下，同時也快速瀏覽了 2006-2014 自己在寫著玩的、而一直乏人問津的網站。文字裡，很多的物事已非，時空不同，思維也不相同了。

這回，一字一句敲出來的「夢想」當中，不若以前，不是一種情緒的自我發洩，而是像一場外科手術一般，要開洞、清瘡、上藥、再縫合；要去撫著成疤的傷口，問問自己還疼不疼？要去摳開還沒內化的結痂，看看手賤之後的刺激，會不會讓自己更清醒？

難過的是，這個夢想的實踐過程中，伴隨著化療毒品讓身體的疼痛和不適同行，噁心想吐的是我腸胃黏膜的抗拒，但它又何嘗不是我一直消化不了的是非？暈眩不已站不住的腳步，又好似我的固執與縱容曖昧不明的底線？

我希望它不要太沉重！在閻王宣判前，我想釐清楚。

B 異物侵入

我記得電視廣告曾經有過外星人的招呼手勢,是向對方立起手掌,然後在其它手指皆閉合不動時,輕鬆的打開中指和無名指的距離,呈一個 V 狀,表示「我們是一家人」。很巧的,一些好友和學生們知情我的事後,紛紛有人也拉開她們的領口,有人在左邊,有人在右邊,鎖骨下方有道疤,象徵一枚成功抗癌勳章。

第二次入院第一天,得先做一條人工血管。為什麼?因為化療藥很毒,它會侵蝕天然的微細血管,所以必須經由人工血管來引流至大靜脈。

我問護士:「如果直接打會怎麼樣?」

她答我:「血管會潰爛啊,而且皮膚會腐蝕。」

我沒話說了,也不想問了,關於死不死,我沒啥意見,但又痛又爛,是我這個中等以上的美女都無法接受的。

出入醫院多次,最大的喜訊莫過是,在進開刀房前,麻醉醫師告訴我,他會幫我做全身麻醉。也就是說,在那個冰冷的開刀房裡,儘管再有什麼不人道的手續出現,在我完全不知情的狀態下,就不關我的事兒!

李部長剛下門診就趕過來,他來到我側邊,笑笑地確認一下我的身分:「妳是雅斐的妹妹?」我回個笑笑說:「是!」

接下來,我的雙手被綁住,固定上了血壓帶,耳邊傳著很韻律「啵」!「啵」!「啵」!的心跳聲;然後衣襟被掀開,露出我左半邊的胸膛。貼心的護理人員給我蓋了大被,在腳底下塞進了一架

暖烘爐，我都還沒算清楚多少人在這個空間裡忙和著，忽地我心頭十分暖意，臉上還帶著笑，就進入了無疼痛時空。

我有沒有再醒來，對麻醉醫師來說是一項必要責任，但對我而言，看法一如往常。在我睡著那刻，我還呼吸著，轉換至另一個時空時，可能只是換個方式活著罷了。醒來，我惆悵；不醒，麻醫緊張。

這種小刀，被經手的已經千千萬萬，壓根不會出什麼錯在我身上！何況是外科部長親自操刀！我無法指望自己的如意算盤打在別人的失敗上，尤其是，回了病房後，他還來探視了我。

自此，我的左鎖骨下方也有了一條疤，疤下有一顆肉眼可見鼓鼓的球，埋在我的皮膚底下。它是毒藥的入口，我索性也視它為救命的窗口。救不救得了命？我不知道！但大家眾望所歸都希望我搏一搏。不輸贏一場，怎知成功在望？

拉開領口的她們，現在可以甩動一頭烏黑秀髮，美麗的站在我面前，分享各種經驗給我這個不知所以的傻人；重生的機會，讓她們更清楚，非得好好把握難能可貴的餘生。

即便你不曾病過，不也該想想？

C 化療

在我用顫抖的手，慢慢的敲這些字，心理和生理還在畏著寒。我不能不快寫，因爲怕忘了這感覺。

我只能說，第一次我還懵懂的只知道吊著點滴輸了液，化學療程便開始了，傳統的點滴架換成了監測型的電子點滴架，出了問題就會嗶嗶叫。我只記得上個月的這時，我慢慢的發軟，然後在床上癱了三天，感覺輪替似的折磨我，從上半身，垂直並蜿蜒而下，我的腸胃、骨髓，一直往下身走。而我只能像一條拼命蠕動的蟲，不停的在受限的床上範圍，想蠕出一條安身之所。

第二次化療，我不逃避了，很認眞的睜大眼睛，看護士小姐用推車把這包化療藥物推進病房，並且戴上全套裝備，感覺像是拆彈專家。因爲那包毒藥包裹得很嚴實，一層一層的透明包裝，明顯的印著大大的骷髏頭。

不是來救命的嗎？怎麼我身體忽地一陣寒顫！怎麼就不印個天使呢？起碼當我靈魂出竅那刻，還有道光明之路可以指引方向。藥廠們，麻煩改正這一點好嗎？多半的病痛是嚇死人，而不是病死人的！

我看兩個護士，手放得很輕，動作很慢很微細，本就無心拼鬥的我，也拉起了警戒線。

由於有了上次的經驗了，我的身體反應突然變得很快，很快的虛弱、明顯的體溫下降，然後所有的反應不似上回一般，它們促擁上來，把天旋地轉的我，推向放棄的崖邊。

陪病的兒子問我：「那是什麼感覺？」

我說：「就是頭很暈，肚子很餓，但看到食物又想吐。」

他說：「那跟宿醉一樣囉？」

我有點認同他的歸納，如果「宿醉」分等級，那我已經提早到達十八層地獄無誤。

「不過誰能喝一天醉七天啊？」我真不平！

兒子回我：「媽，妳是連續喝三天。」

對啊！講起來好像也不冤！喝一天醉一天，醉滿三天還多送一天！目前規劃療程分四個階段，每個月月初執行，為期三天。第一天要打兩種藥，分別是六小時和兩小時，其間還得穿插著打稀釋水，等於我一整天有超過十二個小時都必須和點滴架焦孟不離。有沒有人能想像，強忍著第一天還沒清醒的宿醉感，再接受第二天 2+2 個小時的灌輸，連此兩回合，全身盡傷，壞的細胞可能還只是暈眩著，好的細胞已經被殺得無處逃竄。第二天終於感覺是鬆口氣的縮短時間，又惱著第三天即將在一夜過後便要來臨。

我虛弱得無法發出聲音，連手機微弱的光線都覺得刺眼無比。如果前一日我還能是三五好友或談一筆大單而把酒言歡，起碼我還留著一絲歡樂的餘味足以安慰自己，頂多下次少貪一杯！可是這回，沒有任何藉口推諉，沒有心情輕輕吟唱「來，來，來，喝完這杯再說吧……」，今宵離別後，不要再來了好嗎？我不再是假意戒酒，而是真的要摔杯了！

D **掉髮**

人說，頭髮是女人的第二張臉，所以上美髮沙龍是一個愛漂亮的女生，一週 1-2 次的固定行程。在中醫醫理裡，頭髮叫「血餘」，意思是氣血愈充足，身體愈好的女生，自然能有一頭亮麗烏黑的秀髮。

我自小身體不好，經常跑醫院，當然啦！我上一章破了題，不管是心理造成的生理疾病，還是本來就多病，我的髮質從來沒有好過。而且我念國中那時，經常頭痛，同時間產生了少年白。

我爸爸那時問過診所的醫生，這是什麼病會常頭痛？

醫生的答案是，腦神經衰弱，用腦過多所導致。

我非常慶幸，還好診間不是教室，沒有老師和同學，不然大家一定會笑到翻過去。就我這種成績，已經用到衰弱了，那我這一輩子肯定也沒什麼大指望了。

因為腦袋笨，我幾乎隔兩、三天就要去打一支補腦的針。那時沒健保，我又只是個孩子，沒有勞保身分，常常幾佰塊幾佰塊的贊助醫生買車買房。

身體不好髮質粗，又加上腦袋不好，卻小聰明不斷的過度使用，產生了少年白。反正是醜小鴨了，第一張臉都普普通通了，還在意第二張臉嗎？

一入社會，身體的費洛蒙開始變化，其它的醜小鴨都變天鵝了，而且天鵝身邊都有了護花使者，看得我真是嫉妒又羨慕。第一張臉可以靠化妝，第二張臉當然不能讓它自然老成！只要是能夠努力到

先天 0.5+後天 0.5，我起碼還能是個完整的女人呀！於是我開始上美髮院，吹、染、整、燙、護，無一不來。只要是能救，我都想試。

果然！這世上沒有錢解決不了的事蛤！我可以任意改變各種髮型，各種顏色，每一回我走出美髮院，都感覺自己就是電視上那個洗髮精的代言明星一樣，光采奪人，髮絲完全像陽光閃耀的美麗波浪。

女人對待頭髮，就像對待愛情的態度。呃……應該說，愛情是本質需求，就像我一路照顧頭髮一樣，我希望它健康、亮麗、有千變萬化的驚喜，也能隨心轉換各種不同風情。可是，頭髮明明是自己的，卻被另一個人給薅住了，為他留，為他剪時，都不在當下，而是被遷怒。

所以那首大家都會唱的歌是這樣唱的啊：

> 總心煩我和你常磨擦的情感，
>
> 像風中，理不清，被吹亂的髮，
>
> 總是由著你改變自己的模樣，
>
> 長髮也好，短髮也好，
>
> 你喜歡就好……。

站舞臺的這幾年，我一直保持著一頭此生最長最漂亮的長捲髮，儘管有人說這造型很舞臺，甚至差點沒說出很有風塵味，想來這髮型能帶來的自信，是恐怖到可以殺人的。

幾年前，一位美髮師，不知道誤用了什麼燙髮品，還是溫度沒控制好，把我全髮燙壞了。那種脆弱的程度，就像木炭進了火堆一樣，火化的髮燼，一碰就斷。那美髮師可能意識到自己錯誤，卻不

願意承認，說她願意認賠再幫我補燙一次。經過兩番的折騰，真的是徹徹底底的毀了。她只好邊幫我修，幫安慰我說：「妳不是一直想剪短髮嗎？妳短髮也絕對有型俏麗……」她的剪子愈舉愈高，我許久隱藏著的脖子也愈來愈涼。

為了這個失誤，我哭了好幾天，還恰恰趕上了球隊的球敘時間，影響了我本來就不太好的成績，還在果嶺上摔球桿，加重了個「球品不良」的名兒。

為了紀念緣分的終結，剪髮是一種決心；但毫無任何名目的毀掉我的自信，無疑是一把殺豬刀。

那把名叫「無辜的殺豬刀」，殺得我措手不及。如今換成了這把「化療的殺豬刀」，我反而有點習慣。

我有各式各樣志同道合的朋友，最近又多了一群叫「癌友」。癌友會分享各種養生的，營養的，求神問卜的，療程過程要注意的……林林總總的豐富經驗給我。哦！對了！連她們戴過的假髮都能拿來借我。

我只想說，我還滿期待光頭的。我對自己最有記憶的光頭，只是一張照片，黑白照片裡有一個光頭的胖娃娃，笑著吃手指，照片的右下角落款著「四個月大留念」。

三千煩惱絲現在每天一大把一大把的掉，一天要是掉三百根，大概十天就掉光了。現在我能領悟為何這些曾經帶給我綺想的美麗和自信，如今我得稱它為真正的煩惱絲了。因為，要剃不是，剃了會再長，所以「剃光」就不是重點了；我輕輕撫它一下，便掉一把，更別說梳頭和洗頭了。凡我走過，必一地頭髮。趁著有體力時出去

走走散散心，它已經黏乎乎的在我脖子，衣服，撥掉了又掉，掉了
又撥，殘忍的面對，循環不止，拂不淨的煩惱……。

　　人生的所謂「萬般帶不走」，包含頭髮嗎？我期待它光光的，
一直想嘗試的造型，一直想要追求的無憂無慮，終於名正言順了。

E 面對它和你們

當樂觀已無可救藥，疾苦則無需再藥。

＊「二姐，我什麼時候可以看看妳？」這是妹妹還在防疫旅館隔離時給我的一句訊息。我回她：「現在來開視訊啊。」

當視訊鏡頭打開那刻，我看見她錯愕地掉下了眼淚，料想著她是看到了我的頭上，只掛著稀薄如一層紗的蒼蒼白髮。

她幾度哽咽，又被我幾度拉回來。

＊淑芬和翊琪坐著火車匆匆從屏東趕來，帶來了壽蘋果、壽桃、壽蛋糕、壽麵，不斷的叮囑我這個新生，注意這個注意那個；翊琪全身冒汗的發著功給我，真的不得不說，這長生學氣功真的有效。

＊自強雅音合唱班錄了一支影片給我，當時我人在醫院回診，一打開，我就哭了。在候診室外，又不能脫口罩擦鼻涕。帶頭的紫宜姐說，「羅老師，妳是上帝派來給我們的天使……」接力著全班的同學一個一個為我加油，到最後是美麗姐慈愛的面容說：「羅老師，妳今天快樂嗎？」

好久都沒有人問過我，我快不快樂？但我知道，天使一定是快樂的……

＊鎮港園社大的吳季昕主任和顧問莉棻來看我，捎來了全班簽

名的大卡片和一封慰問金。莉棻抄走了我的生辰日月，爲我張羅了一場法會；主任看起來比我還難過，半句話都說不出口。其實該說不出口的是我！這個班我才經營到第二學期，從一班七人到滿班二十人，有一半以上的都只是上過我七堂課的新生，他們字裡行間的關懷和期盼，讓我莫名的懷疑自己何德何能？

＊港都社大的英文班同學，我只是和你們共同學習一門課的幾堂時間，你們和王怡文老師有必要把卡片附上聚餐的實體放大照片，來一直感動我你們的存在嗎？我看著照片裡的自己和現在的自己，除了黯然不美麗，心裡卻滿滿的。

＊我預收了凱悅歌星班的學費，要去退，她們不收，還說：「老師，妳覺得狀況好，就來教。妳不教，我們不會唱。」
有這麼賴皮的嗎？我真的要走，那口氣也捨不得嚥下去。

＊國王班裡兩個姐姐玉慧姐和家鈴姐，天天給我準備療養餐，從正餐到飲品，面面俱到。什麼不能多，什麼不能少，功課做得比我還多。寶慧和丫琦也像後備一樣，千叮萬囑，隨時等著填補不時之需。

＊傳奇班的班長突發奇想，要每位同學在這疫情停課時間，用「一日一星」每日晚間 8：00 天天接力，分享在這段時間的生活點滴。指名要我收尾棒。

　　陳建安班長，你以為我不知道你在想什麼嗎？你就是要製造懸念給我，叫我自己破題，然後承諾大家，我自己會加油，給你們負責到底吧！

　　✳屏東的學員一聽到我出院，連忙派專車過來接送，載我去三地門透透風。我確實是感覺全身上下的細胞都散發著藥水味，不去沐浴一下芬多精和唱唱歌，啃一啃桶仔雞，重溫大家的笑聲，我彷彿已經與世隔絕三千年了。

　　沒想到此去的路上，隘寮溪堤岸上的鳳凰花開得甚為繁美，剛好圓了此書的意境，趕快讓專業大師李其名拿上單眼，為我們長存的友誼留下最美的證據。

　　✳原港都社大的潘永珅老師聞訊也來關心：「謝謝美麗的天使羅老師，用歌聲帶給我們滿滿歡笑和溫暖幸福。」

　　我趕忙回：「我還沒死哦。」

　　他又回：「你不就已經是天使了，還擔心死？千萬不要害怕，我們來到這個世上本來就沒打算活著回去～」

　　✳國硯班捎來滴雞精和蓮花姐姐的紅包；若有院內打不通的環節，還有美智姐的神助攻；怡君為了把我的本尊調出來，自己先跳出來錄了歡唱一段。

　　還有，還有，迴向團，抄經的好，念經的也好，原來我身邊活

菩薩這樣多，只是我，一向習慣獨自承受，忽略了也給別人積功德的理由。

我的學生都是一個介紹一個來的，罹癌的消息自然也透過這樣的人脈網絡不脛而走，在我還沒釐清自己該怎麼做時，那些集氣與加油聲已經充斥了我的生活。是他們，一個接著一個，一天接著一天，攔了我的退路……

其實，何止是他們？我出院那天去了玉皇宮，玉皇上帝便給我了一支上上籤！

運逢得意身顯變　君爾身中皆有益
一向前途無難事　君意之中保清吉

我跟兒子說，我真的沒感覺自己「要走要走」的！兒子也說：「是啊！我也感覺妳好像比我還健康。」這是一個癌末病人和陪病家屬的對話嗎？

從發現到治療的這段時間，還有不少人問我，為什麼不去大一點的醫院？長庚、高醫、榮總……您都看到這兒了，多少也猜得出來，我是個萬事不多琢磨的人。當時國仁急診醫師只問我，哪家醫院離我最近，因為我的狀況不能拖。我當下反應是聯合醫院，也不懂得考慮什麼先進器材，以及醫群醫術。俗話不是說得好嗎？「先生緣，主人福（臺語）」，在我這段急忙起來的福報裡，確實是真真切切的。

我的主治姜醫師不巧是榮總來的，幫我埋人工血管是本院外科

部李主任，做穿刺手術也是一等一的周醫師，每天都還有病理科的雅芬小姐來關切，這些雖說是姐姐在工作上帶來的協助效益，也一併讓我幫她驗收了她做人的成果如何了。哈哈。

我說了，過五十歲之後，我始終相信上天的所有安排都是當下最好的安排！車子誤點了，您可能錯過了一場意外；咖啡打翻了，可能讓你結識了一個不打不相識的朋友；說了您不信，我妹妹千里迢迢從美國趕回來，隔離出來時我爸媽確診了，而他們是完全沒打疫苗的老人家……

這樣的事，在我的人生當中層出不窮，或者，也曾經出現在你們的生活當中，只是沒有察覺罷了。

在住院期間，小護士曾經很狐疑的問我，為什麼她見過肺癌的病人都會呼天叫地的喊痛，而我卻沒有？我說：「我不知道，因為肺癌的病人我只認識我自己。」

經過了兩回化療，都在求生不得、求死不能的邊緣，還有一半的療程還沒走完呢！本來對生死都置之度外了，卻每回想到那臺監測點滴架我就頭昏腦脹，胃酸直冒。為我助念迴向團的團長錦香姐說：「要感恩並且跟自己的身體道歉，讓它一路受這麼大的苦。」是啊！誰有好人不做呢？是我把它弄壞的！教壞容易教好難呀！破壞容易建設難呀！

我現在比較想要的是，如何把那臺機器美化，立個人形立牌也好，或掛個什麼畫作也好，總之，趁著牛頭馬面都還沒出發前，心願不大，就差這步，我就開懷了。

參　收錄曾經

　　提筆寫作這件事，源自於一種心靈的對話。後來願意拿來發表，是受之於鼓勵。但對我而言，寫出來和發表，這是兩碼事。人生的經驗涉及了太多自我深處和太多人的干係，難免陷入出賣之地，深怕得罪人。

　　故事的情節，會和很多人的經驗出現雷同。我想，上帝沒那麼有空可以書寫那麼多客製化的劇本。倘若傳媒出現令人驚異的新聞，必定是造物者那晚喝了咖啡。而我只是普通咖，與一般人一樣，過日子，過日子，過日子……

　　書沒念得比別人多，走過的路也沒比別人長，更別說我這小鳥胃能吃過比別人更多的東西！我的心比較小，比較容易滿足。但是，任何一件值得記錄的事，我都想用文字記錄下來。民國 85-89 年投稿副刊那時，《臺灣時報》的王家祥主編還寄給我一張邀稿的名信片過。這無疑是一件很大的鼓舞！可惜慢慢小孩愈大，會跑會跳會頑皮了，我只能把這些文字，累積成一股未來的信念。

　　畢竟：生活上的感動不需要刻意，只需要留意！

女人心事

聽說女人很難懂？我也覺得！我連自己都不大懂。

A 儀式感

很多女人都希望，在生活的細節裡多點儀式感。

譬如重大的日子，重大的階段。沒有燭光，沒有鮮花，沒有鑽戒，沒有下跪，就沒有被求婚的感覺。可是多數人的求婚畢生只有一次。怎麼辦？於是為了滿足日子裡的小確幸，我們勢必自己去找一點儀式感。

我有個同學，才去上了一堂瑜珈，就買了好幾套瑜珈服和部分用品，我感覺她好像立下決心要好好修鍊身材了，但她的每堂課並沒有把每個動作跟到位，嘻嘻哈哈的，開開心心，永遠的六十公斤。

我也有個朋友，一時興起要去騎單車，參加了車隊，買了所有裝備，和幾身酷酷的單車服，幾萬塊的一部競速單車。她願意運動，但她老公不愛動不跟隨，才去騎了幾趟。有一回，她老公發飆，說單車隊裡有不少男性車友，讓他醋意大發。朋友索興將那單車從二樓往樓下一砸，從此斷了念想。

這種儀式感到底需不需要？男人說，這只是一種物慾的表現。

很多人都說，女人的購物慾來自一種衝動。衝動的是追求另一種境界的新鮮感，至於能做到幾分，沒做還真不會知道！但我能體會，一個女人，多半伴隨著很多的身分。她也許是人妻，也許是人母，不遑多論，她一定也是人家的女兒，別人的朋友，同事，同學，

77

員工，或老闆……在這麼多重的身分當中，她得瓜分好幾段時間去扮演這麼多角色。好不容易找個真正感興趣而想為自己做的事，花點錢，應該吧！

我媽媽是金牛座，眾所周知的小氣財神，但她頗喜歡買廚具，而且燒了一手好菜，好到我們根本不喜歡外食。本以為衍生於具體生活之外的東西，才能對生活有所點綴。但她可不！她可以是一餐五穀米，一天南瓜飯，在一日三餐的平凡之中，找到下廚的成就與喜悅。這份喜悅不只為她自己，同時也寵壞了一家的胃口。古人都說，要栓住一個男人要先栓住他的胃，這點在我家真是無庸置疑的。我們的用餐時刻，沒有燭光，甚至有時都還是打了食盒外帶，但這份儀式感的最後完結，是舔乾淨的食盒。這種儀式感，我最喜歡！

我上網查了「儀式感」這個新鮮詞，卻不料它早就無形存在，利用某種心思，媒介某些道具，美化了平凡生活的手續，讓人感到幸福。媽媽的儀式感突然讓我想到，來自他人的給予，感覺更深層。

自己買鮮花，心情美麗，但少點驚喜；自己買衣服，虧了荷包，還沒得話題去炫耀；如果都讓別人花錢，又顯得拜金……很多人認為儀式感是沒事找事，因為女人花錢都有道理，誰攔誰倒楣。但是更多時候，你也得讓女人自己找個管道，退個場，療癒身心，找到自己的價值。瑜珈練得不好有關係嗎？單車隊裡有男伴才顯得一路的安全不是嗎？有了媽媽的愛心飯菜，整個人生都充滿了活力呢！

一件筆挺的襯衫是工作的自信；一件荷邊洋裝是為了美妙的約會；一塊卡通方糖會增加咖啡的氛圍；一朵玫瑰讓感情更升溫……本來就合乎生活邏輯的小小事物，會心不在遠，得趣不在多。

　　不舉特例的話，人生動輒七八十年，換算起來三萬左右日子，不管是自找還是人給，這種驚喜式的幸福感可真是相當重要！它並不合乎期待，反而存在於一項鮮活的冒險，因為連我們都不知道，這效期有多長？但我很清楚，這種作為會不斷的循環，為的是，給別人，也給自己，一個快樂的樣子。

　　因為報了一個粉彩繪畫班，我買了套粉臘筆，所謂「工欲善其事，必先利其器」，因為要顯得文青，還買了個帆布袋來裝用具，買了材料來自己做畫夾，這樣完善的全套能配上我的 T 恤牛仔褲白布鞋，畫得好不好？畫得久不久？是在上課當下才重要，而我美麗的心情必須在去上課前就有所裝備的。遺落在年歲之後所撿到的學子年華，千金難換呀！

B 衣櫥

　　身為女人的我，覺得這輩子最困難的事，天天在發生。一早起床，就要開始想今日活動，該穿上什麼能襯今天的身分。

　　社大課程開學在即，但因應武漢防疫，很多既定的工作行程都變得很難掌握。我的原班學生已然按捺不住想唱歌的熱情，商討之後打算春遊，帶著設備到郊外去唱歌。

　　我好久不旅行了！總記得要旅行前總要添些行頭。不知道是不是年歲漸長，感覺旅行的對象益發來得比穿什麼重要。

　　我打開了衣櫥，一年比一年要考慮的東西愈多。身材走樣了！花色不新穎了！不合年紀了！換穿了多件，最後選了這件綠色的襯衫。

穿它的最後一次，是在四年前的某一天。那一天，我遇上了某人。按理說，四年不穿的衣服，早該被我淘汰，但它依然占了生命裡的某個位置。

穿了什麼，走過什麼地方，不要緊的回憶也跟著汰舊換新，和女人的衣櫥一樣。緣於某種衝動，有時吊牌還原封不動的掛在上頭；緣於某種紀念，捨不得丟入回收箱，吊衣桿慢慢負重的下彎。

負重的何止是吊衣桿？心裡慢慢纖維化的那塊，慢慢沒有了知覺，慢慢阻斷了重新出發的動能。衝突的是，腦波總是不斷的提醒著自己，這樣不好！

C 驛馬

常常遇到很多人，眼睛長在頭頂上。雖然我身高不矮，卻經常被比自己矮的人看低。

我少穿名牌，少帶名包，偶而戴一些應場合所用的小小飾品，這是金錢不闊綽的矮；要是覺得自己做得來，可以賺點成就感和掌聲的，價位合理我就去，這是工作方面的矮。

金錢和工作地位，代表的是一個人的努力和成就，可是在行業別上來說，又有另一番世俗的見解。

六、七月時，我就努力的寫些東西要去參賽，因為婚場多，心靜不下來，一直沒法完稿。兒子很緊張，一直催促我。

某夜睡前，我對兒子這樣說：「你放心，結構都在我腦子裡了，我只要有時間把它們寫下來就 OK 了，別為我擔心。」

未料，他說：「妳不要再去忙其他事，趕快把稿寫一寫。我寧

可妳出點小名在家寫東西，也不要再去唱歌了。」

心一路涼到腳底板，那夜，無法成眠！坦白講，他這番話，代表了所有與我近身男人的心聲。但是他們並不知道，從事這份工作，我很開心！

我喜歡穿漂亮衣服，喜歡把自己打扮得好看，享受掌聲，享受被欣賞的眼光；然而，在世俗眼光裡，我是拋頭露面，不安於室的女人。

我想，很多結婚很久的女人都忘了，自己曾經美麗過，而那遺忘的場景，每天都會出現在我的鏡子裡。多數人以爲用色彩可以增加自信，其實並不然，那些色彩，頂多是一再的提醒，逐漸失色的自己。

如果增色人生的色彩，是那些化學原料攪和出來的東西，人人皆可得，有何珍貴可言？

我也很怕老，怕皺，但該說，我更怕的是那些不瞭解的眼光。不瞭解的標的不只我個人，還有對人生的見解，以及對各個不同人類的尊重。如果可以安定，沒有人願意漂流；如果能高高在上，又幹嘛仰天長歎？

因瞭解而支持，才有長長久久的可能。其它的，我心裡有譜。

D 感情

前兩天，好忙。因爲小七月一過，就要開始婚禮宴的表演了。

我很難一如往昔的過生活。因爲太過一成不變，生命顯得呆滯。不知是不是習慣要變，可能兩天內我不吃同樣的食物；一週內不穿

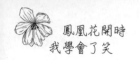

同一件衣服；除了家人，半個月內不和相同的朋友碰面。還好我的同事，幾乎是一週才見一次面。

以前的我，好像不是這樣的！如果回想起來，發生接觸的原由很多元，結束的道理也百無聊賴。那些爛帳多到不計其數。慢慢的覺得，能夠脫離混雜的人味和慾望，孤單其實是一種享受。

一個人不餓了就不吃；不想睡就走動通宵；在不餓與走動之間，居然有空茫的感覺。在路上走著，和舞臺的落差有天壤之別。

突然，我有了新的領悟：

原來，我一直羨慕的不是街上那些年輕貌美，青春洋溢的女生，而是那些其貌不揚，卻被緊緊牽著手或小心呵護著的平凡女人。

原來，平凡女人所隱藏的不平凡，是因為她們得到的愛和瞭解。

原來，我不是喜歡多變，只是我一直在找尋被認同和瞭解。

原來，有人愛，有人陪，才能顯得自己的珍貴。

原來，孤單，真的是只孤單。

E 離情

人的無奈，在於知道很多事，卻無從改變。

心的無奈，在於明知無從改變，只好求捨。

沒有人會知道，兩個本以為相愛的人，最後會因為種種事而變得不能相愛。也不知道，到底相愛是一個開始，還是最後的目的？

我喜歡看人結婚，所以從事婚禮工作。因為，生活中的感動，是幸福的源頭；亦是任何困難與挫折的解藥。只有容易感動的人，才有幸福的前瞻。

　　我也看到，很多離婚的人。究竟是什麼原因，我想，因人而異。但是，相同的理由應該是，不再做感動對方的事，也不易受對方感動。

　　感動，到底是什麼？舉個例。

　　前兩天，我在跟大兒子聊天。因爲他剛畢旅回來，人不是太舒服。

　　我問：「感覺怎樣？」

　　他說：「就是不舒服。」

　　我又問：「哪一種不舒服？是頭暈？頭脹？還是頭痛？」

　　他說：「不是暈。有點痛，好像也有點脹。」

　　我說：「應該是中暑吧？是不是感覺身體裡有熱氣出不來？」

　　他說：「中暑？不是吧！中暑是缺水，頭暈，冒不出汗。」

　　我說：「你所描述的，叫做『學理現象』，我問的是你的感覺？」

　　他說：「什麼跟什麼ㄚ……」

　　感覺：發自心，感自體，形於色，難言。我知。

　　現象是，只要你讀了書，照念就好。我也知。

　　偏偏，在感情裡，它可以來自學理，還是要有心，有感，有體驗，和設身處地。

　　如果你老是告訴我，我不是你，不要管你那麼多事！

　　如果你老是告訴我，你不是我，你怎麼會知道我的感受？

　　其實，不相愛的人，到底應不應該離婚？

　　我想，離婚只是一種最後的現象。離情是一種初始的感覺。一個想離婚的人，不會是今天才不愛！

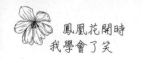

也許一開始，離婚說出口，是一種手段。

但當離婚掛在嘴邊時，她的心早就不在了。

離了情了，離婚爲何不好？

有人告訴我，現實比較重要。要是沒了錢，沒了保障，離了婚才是悲哀的開始。

我說，一個女人，青春無法回頭，但起碼她可以回饋自己的需求。

有錢，沒愛，有人生？

但我感受到沒愛了。

沒有人贏了，也沒有人輸了。

我所付出的青春，他也付出了。沒有尺，無法度量。

我走過的歲月，他也沒有暫停的特權。

離情了，因爲任何一個妳！

我想離婚，是爲了我自己。

有些可愛的二三事

因為喜歡寫，所以不管有多少時間，都想要記錄下來。多半的可愛，來自我的孩子。所以此篇章是過去的書寫，覺得不收錄很可惜。

孩子小的時候，我很喜歡給他們講床邊故事。其實故事很平凡，最後都會有一個大啟示。最近幾年很大賣的書種是「說話術」，我倒覺得「啟示」是一種心態，心情對了，話自然不太會說錯。所謂「人者，心之器」，是吧！

A 平心靜氣

某個週六，我接送小孩放學。

兒子坐在我身邊，和同學在電話裡對了一番話，如下。

同學：「峻翰，你媽媽中午有沒有在家？」

兒子答：「幹嘛？」

同學：「叫你媽做飯給我們吃，我們要去你家附近。」

兒子答：「吃大便啦你。」

同學：「那你家馬桶裡有嗎？」

兒子笑著大聲喊：「關你屁事啊。」

那通電話裡，兩頭笑哈哈，連我都為這種國中生的無厘頭不覺莞爾。

生氣時，偶而想叫人去吃屎；別人生氣時，偶而也叫我去吃屎。屎沒吃成，氣總過不去；要是吃成了，肯定也不能這樣善罷干休。

舉凡這些生氣事讓我氣上來，我便會想起他們的這段對話。好笑！而，心平氣和一些。

B籃球場上的美式足球

小曼有兩個聰明可愛的兒子，那年，一個小五，一個小四，兩個人現在都正迷上了籃球！一到週末，他們要我陪打！我當然 OK，虎母無犬子，當年我也是籃球好手！

在學校練了一下，總算寶刀不算太老，應付兩個小鬼其實是綽綽有餘的！不一會兒，黃昏的暖日吸引了更多來運動的人。兒子分別遇上了他們的同學，於是我就得以輕鬆的先在一旁休息！

小五的兒子，先是和同學在秀球，以十顆為單位，誰射進的多，誰就勝了！

小四的兒子比較幸運，他碰到一票同學，加加減減正好含他有六個。這麼好的人數，當然要鬥牛！於是，他們分成兩隊，開始嬉哈的玩了起來。

這時，小五的兒子看了我一下，用兩隻小手各比了一個四和一個二。他在顯示他和同學秀球的比數！

另一邊，小四的同學們滿場在跑，追著一個抱著球的同學。那同學的身形超大，像個高年級的學生！籃球不是不能帶球跑的嗎？他們一個人跑在最前面，另五個滿場在圍著企圖要攔著他！沒一會兒，整個室內空間幾乎都跑了大概有三圈（室內坪數大約有兩百五十坪左右），跑的人終於沒力了，當然追的人也差不多了！

高個子終於不支倒地，正癱在籃框下，後頭追來的小朋友一個

一個，大喊了一句：「美式足球！」就直撲的蓋上了小朋友的身上……好一會兒，堆成了一堆小山，他們嘻嘻哈哈的在地上纏鬥了好久……

　　小五的兒子看了他們，面帶微笑的說：「他們真瘋！」

　　我想！是啊！這才是遊戲，不是嗎？

　　或許，人和人的競爭是由十歲才開始（這是旁邊小四和小五不同的分界）。我們太執著於誰輸誰勝？太過於在乎形於外的面子！因為成敗的問題而失去了很多純真的本質，失去方向，忘了當時的付出是出自一份熱情！

　　競爭是對的！它是進步的動力！但是從本身出發策動自己去做的那個部分，其實才是最珍貴的寶貝呢！

生活書寫

A 管束和在乎

小曼想，沒有人喜歡被管，但希望有人在乎。

「管」字，寫法是一「官」帶一「竹」，我解釋它是有權力的人（官），用強硬一點的手段（竹）來制約某個人或某件事。

男人不喜歡自己的另一半穿太露，穿太短，總要唸。

父母總是拿出自己血淋淋的例子來告誡小孩，希望他們不要白走太多冤枉路。

因為在乎，總是「管」得太過，所以產生爭執。

這樣好嗎？

一個苦口婆心的好意，最後落得撕破臉的結局。

我想，管束和在乎的分寸，不是溝通，而是尊重。

管頭髮不如管頭腦，於是解除了髮禁。

圍堵不如疏通，於是有了大禹治水的英雄史績。

「在乎」會不會只是一種私心，而導致「管束」的行為出現？

如果把「要你管！」換成「要你在乎？」效果就不太一樣了！

如果不喜歡你的女人穿太短，那是你怕自己被取代掉。

如果不喜歡你的小孩太自由，那是因為你困在自己的不自由。

收起你的舊腦袋和自以為無上的權力吧！

該被管的不是你口中的人，多多在乎自己有幾分能耐來得重要吧！

B 廟前的乞兒

小曼一直認為，行銷是一門很重要的課題！自我行銷可以適時的對他人宣揚自己的理念和強項，讓需利者一方對自己產生興趣；公司行銷亦是同樣的核心，強調需求和高度利銷而施行。

我很著力市場行銷這塊理論！很多人問我，現在又不從商，又沒在第一線工作，學行銷幹嘛？

從小地方看行銷，且聽我說：

那年，我家大兒子要去參加基測了！平日他很認真，功課也挺好，但我還是得去給他求求神助，希望他可以心平氣和，穩當應戰！我備了五果和一顆虔誠的心意前去高雄市富野路的文武聖殿去膜拜文昌帝君。

如果朋友們常去廟裡，一定會看到廟前總有乞兒（其實馬路上也都常見）。昨天很熱，太陽很大，兩個乞兒守在焚金爐邊。一個已經被曬得發暈，眼睛瞇瞇的快睡著了！另一個年紀較老的，眼尖的看到我手上拿的東西，便在我還沒走到位時，用很正統的臺語，字字鏗鏘有力的誠懇告訴我：

「要求考試的厚？老闆娘，記得，在焚金爐前把考生的學生證唸一次，把心願唸一次，然後請文昌帝君保佑！接下來，把橡皮筋拿掉，把塑膠繩拿掉，把一整疊的金紙往裡丟，儘可能不要讓它散掉。」

接著，我果真就照他的話去做！而在我做的同時，他也在大聲的唸著：

「恭請文昌帝君，保佑老闆娘的小孩，如願考上理想中的學

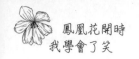
校……」他唸了很多，感覺很正式，很慎重，彷彿是個大典一般！我沒字字記下來，只覺得那些話語，爲的不是直衝我的耳門，而是通達天聽！

結束了所有拜拜的事，我回過頭來，在身上拿了些銅板，擺進他的塑膠小盆裡。而另一個快要睡著的乞兒，眼睛已經瞇成一條線，睡得嘴邊流下了一些殘涎……。

這兩個乞兒，身上沒有半點殘缺！即便是有，我們也習慣了揭露被騙的失落！有的時候，掏出銅板是出自憐憫，但常常被濫用；而昨日我所付出的銅板，是出自一種感謝！一種敬佩！

這樣的乞兒，他也懂得如何跳出競爭，懂得發揮自己的長才讓我買帳！

誰不需要行銷？它存在於無時無刻的受用呢！

C 遺忘的日子

小七月裡，有一個好重要的日子，遺忘了好久。一直到新聞臺說，玫瑰花大漲價，一朵相當於一個便當價，才想起。

說不過去，貪要一朵玫瑰花時，會不會想到有一戶人家窮到沒有一個便當可以吃？但是我知道，有時候，一朵玫瑰花的飽足可以勝過一個便當。

有人會說，是我太好命，不知道餓肚子的痛苦。其實，我有過苦日子，翻箱倒櫃只爲了找幾個十塊錢去樓下吃個麵。爲了不重蹈覆轍，我努力工作。

努力工作是有代價的。除了找到金錢足以度日，還學到了，萬

一有一天再沒錢吃飯時該怎麼辦？日子一年一年過，年紀也長了，日子也穩定平凡時，才回頭來想，銀行戶頭裡的數字，有沒有完成我想的希望？

要是古人所說「吾日三省吾身」，我的三省是，想要什麼？要是想不透，就放大倍數想。

如果明白了自己想要的是什麼，就不會有遺憾；而沒有遺憾，就不會遺忘。所以，遺憾事小，遺忘事大。因為遺憾是一口長長的餘氣，遺忘是失望養成的習慣。

未婚前時常有一堆紀念日，爸媽的，姐妹的，朋友的，男朋友的，名堂一大堆，深怕找不到精彩度日的理由。結婚後，什麼都忘了。當生活保障得無憂無慮，算盤打精了，品質也死了。於是，想念起那些繽紛的包裝紙和花束，那好幾個被遺忘的日子，那些我已經記不得的男生……

不管你是誰，看到這篇文字，別忘了，買束花告訴她，你愛她！而不是買個便當提醒她，你養她！

D 小故事

小眞買了一條漂亮的短裙，雖然已經穿過幾次，但今日老公才注意到她。

老公瞥了短裙一眼，問：「穿這麼短？去哪？」

小眞答：「去讓人吹口哨。」

老公大眼一睜，說：「別忘了你是有夫之婦。」

「嗯。還好你記得我是有夫之婦。」小眞睨了她老公一眼說。

故事雖是我自己寫的，但也自己打眉批：

～當你看不見我時，你也沒看見你自己～

E 包租婆難當

25 歲那年，還沒結婚，有一個年紀頗長的客戶給了我一個想法。他說，每個人都必須要有獨立的空間可以依存，它不是和父母親一起的家，也不是未來另一半給的住所。一個 Home 和一個 House 的觀點不得相同。我聽完他一番話，有理！拿捏了一下收入，買了一個預售的套房。

因為預售，每期的工程款要了我半包更多的薪水袋；而我每回去建設公司繳了分期款，便要繞道到現場去看看施工狀況。經過懷孕過程的我，回想起來，那時的心情其實是一樣的。去看工程施工，就像每月去產檢一樣，看胚胎在子宮裡的成長，健不健康？有沒有可以即時發現的問題？

它是我長期努力工作下的第一個小孩。

它很美！一般套房是一層樓，開了門就見到床。但我的不同。因為它是樓中樓的設計，一樓是客廳，二樓才是衛浴和房間，有內有外。太美了這種產品隔局，我走了兩趟就下了訂。因為不管是我一個人住，或是未來偶而有兩個人共同出入，都不應該是開了門就想往床上躺。

它完工時，我剛好也生下了第一個小孩。當初想要當一枚單身貴族，自由自在不受拘束的夢想，一轉眼闖進了兩個人。房子不大，住所只得另謀它處。捨不得賣它，又不能空著它，便招租了。

　　來看過的可能幾乎近百人，實際住過的，也有十幾二十人。其實，很多人一眼就喜歡，又座落於市中心，就像當初我看那張施工圖的眼光。半數的人開口出價，都不知我心在淌血，那時買在房價的最高價位，而且花不少錢裝潢。

　　我還把房子內的所有外裝設備說明書，用一本檔案夾收錄完全，一如一隻心愛的寵物要有一張血統證明書和病歷表：冷氣壞了找誰？（氣管傷了找哪個醫師？）電熱爐不能加熱了要找哪個公司還有保固？（感冒了要找什麼處方？）諸如此類。

　　我能理解多數人總喜歡「俗擱大碗」，但我想的是，價格可以篩檢客人。但是，一開始的一萬一到現在包第四臺的八千元，實在掉了不少價。其間的住客有，旅居來臺的外國人，自臺北出差來的遊子，有想要築巢的愛侶，有名牌包包的單幫客，有不想和父母同住的年輕小伙子……期間從兩年到兩週的住宿經驗者，我想，他們應該都難忘。

　　房租一簽是一年，有人延期，有人很快就走，我都同意，從不刁難。因為住所是一個人停留最長的時間，舒適安心是每個人的主觀經驗。但是，每一個住客一走，房子便會留下新的傷痕，這是我很難過的地方。我用最傳統的跪姿擦地法，在每一次住客走了後，一吋一吋的去撫觸它，然後留下深深的遺憾。

　　前兩天走的房客，九個月前哭著告訴我，她遭逢男友劈腿，又長年由男友供養，沒有很多錢可以支付房租，但是她會自立自強，希望新的環境給她帶來新的希望。我一聽，心軟，如果這是一個女孩重新站起來的希望，我沒有拒絕的勇氣。

　　和對待所有的房客一樣，我不催租，因為出外人一定會有不方便的地方。這九個月來，她的房租付得七葷八素，兩個月的押金來得慢，卻不知不覺的抵得很快。拖了幾天，她說要走，我也不想留，因為我總是找不到她；甚至連約好的交屋時間，她讓我苦苦等了將近兩個小時，卻一整天沒現身，也沒來通電話。

　　我心很冷。不單單是那些還沒清償的帳單，因為我從不晃點別人。

　　我相信好人會有好報，也相信，即便遇上了壞人的耍弄，我也不會從此學壞，不與人真心。但是，真的有點想不開。上天不應這樣報我！

　　我有備用鑰匙，但不能貿然開門。過了兩天，管理室給我來了電話，說是林小姐把鑰匙交在他那，要我去拿。

　　我問：「還有別的嗎？」

　　他答：「沒有。只有一付鑰匙和一片磁卡。」

　　能說什麼？我趕忙過去，好好檢視內裝。

　　包租婆不是天生的。起碼，我不是！我和往常一樣，提了桶水，擰了抹布，一吋一吋的擦它……它曾是我生命中努力的希望支柱，而且，我也料想不到，未來它會不會是我安身的退路？

F 主持人的事

　　某早，和上週約好的新娘排定她歸寧婚宴的流程。

　　我覺得自己愈來愈像婚顧，而不是單純的主持人。早些年的新人，他們不會主動要求要參與婚宴的任何意見，我只要是當天婚宴

開始的前一個小時到場，教他們如何走位，其餘都是我指令一下他們就照做。我只能說，年輕人愈來愈有想法，理論來說是好事，但對我而言，前置工作愈來愈多，工作內容也愈來愈不單純。

他們是對的！不管是事先預想，或是前一個鐘頭來彩排，只要新人快樂，什麼都算是次要。事先安排的狀態很多，我可以一次 OK，但他們可沒有經驗呀！所以常常有人找我喝咖啡，喝得我徹夜無法安眠，腦子休息不下來。

新人可以提供的線索愈多，對主持人而言愈容易上手。因為多方資料，可以服務到心坎裡。從事服務業，這是最重要的任務，不是嗎？

今早的這位新娘，因為父親在年初過世，於是決定在百日之內與交往七、八年的男友步入禮堂，為的是來不及分享這份喜悅的爸爸。她說，起初大家族的叔伯們都沒有意見，一到婚宴即期，一堆反對聲浪出現，認為新人應在對年再結婚才好。說著說著，她紅了眼眶。

我們不是知名的政治人物，但身邊還是感受得到民意如流水；有時洶湧得叫人窒息，有時卻涓涓細流的不時令人想起就感傷。

她說，家裡只剩她一個人還沒完成終身大事，爸爸最在意她這樁。

她說，交往七、八年的男友，老夫老妻了，其實並不在乎這紙證書。

她說，因為打聽過這些傳統的禮俗，問過很多人才下了這決定，怎麼今天她卻一點沒有喜悅的感受？

少數新人在結婚前是不雀躍的！因著上述的三個原因，說來說去，安排得太過理智，卻忘了結婚必須要的衝動。

我的心，跟著她沉。沉的是，很難料想，沒有衝動的背後，還揹著一份心酸。

她的 MV 還沒剪，遲遲在文案上無法下手，不知如何做到面面俱到。

我說，我幫妳！

我告訴她，我也不很強，但是，我懂得她的感傷和感動。文字和歌唱一樣，它不見得要美得冒泡，只要感情投入，充分達到心中觸動，就足夠了。

不是嗎？我相信，晚宴的那個場合，她的爸爸也會從另一個時空來到現場，看到女兒完成他這輩子來不及見到的遺憾。

來得及的感恩嘛，當然是在場的雙方媽媽。

不再提傳統給現代人的壓力了。祝福是無價的，它不像紅包，只是飛來飛去的人情償還！

懂得，給祝福。

捨得，給原諒。

真心期盼，不管是不是我經手，都快樂幸福！

相照明月

（刊登於 89 年 10 月 27／28／29 三日《臺時》副刊連載）

　　枋山的落山風過了半夜十二點稍稍的歇息，只是輕搖著小木屋前的矮樹，禿著幾日未修的雜枝，有一拍沒一拍的敲打著木條鋪陳的小陽臺，輕得像雲飄過的聲音，卻明明白白的打擾了燕旻過舖的失眠。

　　三個孩子已然在出遊渡假的興奮中，好不容易的哄騙入睡，而枕邊人也正享受鄉裡的僻靜之中過癮的打呼著，再也沒有人瞭解輾轉難眠的人的失落，與落在眼底的羨慕。她兩眼時而盯著小木屋挑高的五角天窗，月光白慘慘的照在牆畫上，反光的不安全感讓她不願睜眼；夜半靜謐的恐懼，並不因為一屋子的鼾聲讓她有任何安慰。

　　入冬的天氣只是在耳朵邊，二十六度室溫的冷氣，時而嗡嗡的送風作響，時而乖巧巧的釋放冷媒與室外的熱空氣循環氣流。她緊緊的摟著毛毯，只留了一個頭在沒有任何護衛之下敏感的感覺著，小心的儘可能不發出任何聲音的翻來覆去。愈是努力的想讓自己睡去，愈是陷入焦慮的陷阱裡。

　　整個花園住宿區，似乎都在為明天的遊樂或者工作做一番最沉穩的休息，偶有輕鈴鈴的人語飄過，和著分不清遠近踩過木條走道底下空洞的聲音。她不在這夜貓族群內，卻也不得不開始想念城市裡急馳的車聲和不眠的霓虹。原本聽說丈夫公司舉辦此回的自強活動，她和孩子都興高采烈的為此回可以在連假三日有所調劑。但此時的孤寂情緒，像伸手可觸的空氣，重重的壓制了出發前的歡天喜

地以為的小蜜月。

　　時間分秒滴滴答答的跨過她枕頭的兩側，像惡狼一樣警示著該來的小綿羊，想伸手看看錶，又明擺著無望的一室陰暗。如果走道再有人走過，便是最大的鼓勵，她決心不再多耗兩個小時，扭開了床頭燈，到行李頭去找了一碗泡麵。也還好，011 的房號只是垂直在大廳的十五公尺處。

　　在不到兩分鐘的時間內，燕旻重重的踏著步子，刷刷的搖晃手上的碗麵，多一分確保不讓任何爬蟲類近身的可能，更想藉此嚇阻一些無形無體的白衣青面。

　　大廳裡的氣氛讓她的興奮莫名的迷亂，呈現在她眼前所見，和她先前演練的掙扎根本多餘。和白天一樣的景像，只少了穿流的人，與門外對換光線的背景，該懊惱的反倒是自己讓心靈獨留的那份落單，持續了那麼長久無情流逝的時間。

　　像是一般的福利站，方便的速食在一塵不染的玻璃櫃裡排排站好，自動冷飲販賣機透著寒白的光，售完的紅燈一跳一亮的，可見假日的人潮是如何的奔忙；櫃臺後的老夥計忙著在半夜兩點鐘，補好明日的存貨，為玻璃櫃窗舖上厚重的帆布套，打點身後的躺椅及小涼被，準備也作一番小憩；高高架在櫥櫃上的二十一吋電視，播著白天一再重播的老肥皂劇，有一聲沒一聲的嗚嗚響，應和著閃動的畫面，雖然不像房間裡安眠的氣氛，但也沒有人預備要和黑夜繼續搏鬥。

　　燕旻怔怔的給碗麵脫去塑料套，解開調味包，步驟簡單的像潛意識裡天天溫習的事一般，腦子裡的思路沒有跟著手的動作，喉頭

只管發出夜半未眠的訊息，反應著口腔內苦澀無味，厭厭的無奈。

　　「熱水器裡的水可能還沒夠熱，先看看指示燈吧！或者妳得先試試溫度。」

　　身後傳來清楚的聲音，打發了燕旻以為毫無轉機的懊喪和惆悵。女人三十來歲，大約和自己一般，一臉無妝的素白靈秀，披肩的散髮憑添一分慵懶，乾淨的一套白色褲裝休閒服，一雙拋棄式的室內拖鞋，輕鬆自在的讓人容易親近，親近之後必然還能嗅到她才梳洗完後的浴後香氣。她坐在投幣式的按摩椅上，時而抬頭盯著電視機，時而撩翻腿上攤開著的一本市售八卦雜誌，時而攏攏頭髮和人搭搭訕，時而靜默的直視一方，發著不知究竟的呆想。燕旻原來從住宿區的大門走來，而這排按摩椅是倚著門齊頭的窗下，正對著接待大門擺著的。她沒有料想到這一號人物，這會兒正和她搭上線。而整個屋內存在的實體實際也只有三人，多虧是電視劇裡畫面轉換了幾個主角，聲音多得像開會一般熱絡。

　　「妳是老闆娘吧？」

　　她搖搖頭，臉上堆著笑。

　　「妳也是來玩的嗎？怎麼這時候還不睡？」

　　她點點頭，又搖搖頭，臉上還是笑著。

　　燕旻是很自然的便和她聊上了兩句，在她鄰座的按摩椅坐了下來。話匣一開，便傾出了失眠的難受，抱怨老天賦予她認床的怪癖。只見她笑著，搖頭、又點頭、又搖頭的，讓燕旻一下子覺得自己是不是太容易訴苦訴愁，嚇著人了！她噤聲了半晌，話鋒一轉，怪罪是包裹在沙發皮套裡的按摩棒扎得她連坐都不安穩。

「別停下來，繼續說！這會兒還有誰能分擔妳的牢騷？」

燕旻狐疑的看著她，沒想到自己果然像是苦情訴求的人！

「妳別懷疑我的態度，真的！我只是在解放自己。」她接著說。

解放？燕旻驚覺，是啊！在被安排的沉穩生活之外，女人還能為自己找一個冠冕堂皇的理由，安享獨自的思潮。像她一眼看到的她，臉是不倦的笑著的，心是不歇的開著花的，態度是不畏的，眼光是快活的、伸展著的。她直視的前方是一條橫向通往墾丁的沿海大道，雖然這現時只是反應一室的玻璃鏡，像電影螢幕般的平面舞臺，路上不乏奔馳而過的車輛，遠近燈交替迴轉路面的光束，像等候著主角出現的探照燈，讓等待揭曉的人也眩目的迷惘。

結婚了吧？結婚了！有小孩了嗎？有了兩個！皮嗎？真皮！上班嗎？不上！家務呢？自己做！累嗎？挺累！倦吧？很倦！有想法嗎？當然！可行嗎？看看吧！先生呢？還可以！真不真心啊？信得過吧！不後悔囉？是又如何？幸福嗎？妳呢？痛苦原來是愁悶的逼往心裡去的。但是簡單的家常話就像對熟識已久的朋友，只管是自然的鬆鬆胸襟；說了什麼樣的程度，感覺一點也不礙事。「結婚生活有一段時間了，對生活實在沒有什麼真情趣，對孩子也愈沒有了熱心。尤其一旦剩下可數的條件，除了大家認可相當合理的生活，也只配安分的做一個平常人，享你那命裡註定，只需為三餐負責的『幸福』。在妳曾經退下來的那個世界裡，全然沒有了位置，環境束縛了妳，讓妳低頭承認妳的可替代性。」

燕旻感受到她話裡的認真了，剎時憂鬱鎖緊了雙眉，僵直了一直持續著的笑。她想開口說聲對不起，因為同性的體驗讓初識的情

況像時間一樣，妳不曾察覺，不曾注意，都在妳也許駐定，也許奔
忙的時候，輕易的跨過門檻。但也許不說吧！她不是來解放的嗎？
也許在她背後的那個家裡頭沒處去發洩這些情緒呢！只是，燕旻實
在捨不得去觸碰感同身受的痛處。

「我老公追了我三年，到現在結婚五年了，很多期盼現在可能
不稀罕了。我也許沒有妳那麼多愁善感，生活究竟還是現實的嘛！
婚前享受浪漫，婚後才知道天天要吃飯。」

她噗哧的一笑，也不知道是燕旻天性樂觀，易於接受事實，還
是存心逗著她玩。只是知道自己說的話，有人聽、有人懂。她十二
萬分的願意張開雙臂，成就彼此一個交心的夜晚。

「多數男人總覺得女人是附屬品，他們也許在妳年輕時臣服於
妳。一旦慣性的寵愛成了不痛不癢，卻時時抱怨自己的付出時，男
人潛在信仰自己便是父性自尊的唯一支持，便會成為良心責任最終
的安頓。」

燕旻想問她，是不是過於易感了一些？但她只是輕描淡寫的語
調說這些消極話，右手還不停的翻動雜誌。話說回來，「認真」如
果是需要由眼神來傳遞，那麼燕旻起碼在這個角度是見不到的。

燕旻伸直了喉嚨深吸了一口氣，吐氣的後座力把她整個人深深
的彈進了沙發椅。為何她不曾去回頭嚼她的人生？好像所有人，其
實和她是一樣的。從小她必須努力念書，因為這樣才能上好大學；
上了大學，學些好理論，好技能，將來才能得到好工作；得到好工
作之後，才能接觸好人群，才有機會選擇好伴侶，和伴侶相知相依，
生兒育女，終其一生，才是自古承傳的圓滿功德。如果她可以釋懷

今晚所聽到那些不甘心的聲音，也許這還是上天給予平安幸福定義的另一個對比相拱的調劑罷了！但她卻低低的自語著：「是啊！自己是不是曾經錯過了什麼？」

夜半三更時刻，尤其在村鎮之間的生物感受更深。蟲鳴沒有了，蛙唱消失了，月兒躲在雲層帷幕，偶爾從縫裡觀望，投射在惺忪輕忽的矮樹叢上，瞌睡似的點頭搖晃。只剩下潛存的樹香與花香，和假山流水有一句沒一句的私語著。她們面對的大門外，仍是一排倚窗的福木，修過葉的枝幹，藉著通往停車場的兩盞大黃燈，投影在墨色的玻璃窗，像不甘心的截肢，張牙舞爪的趴在上頭窺著。黑夜總知道趁隙偷襲人的軟弱，背光的一面藏著虛無不可數的落寞。

「妳瞧見沒有？」她指著窗影說：

「徐志摩說過，最宜人是月移花影上窗紗。」

燕旻瞄了一眼她的自得，卻止不住虛開往上竄的不安全感。她腿上明擺正翻上的一頁，標題是「人間四月天」「徐志摩復古旋風席捲」。

「我看哪……」燕旻輕抽了一聲歔聲：

「倒像鬼影。」

話一收匣，大門「刷」的一聲便開了！燕旻還未平復疙瘩，心又猛一下的往上提，逼得她往胸口急急一按，赧然的面對自己心裡頭有鬼的窘狀。

這熱鬧的周休二日，夜裡還是有零零落落的人潮。一時興起的人兒，驅車到達南太平洋後，棧戀秋涼的海風，不捨隔日迷人的旭陽，才恍然住房的縮緊，一路倒退，從墾丁、南灣、恆春查問到這，

四處不見海景的枋山。一大群嘻嘻哈哈的年輕機車族群，一對對尋不見溫床的愛侶，還有三代同堂舉家旅遊，最壞打算只有蜷在休旅車內過夜的大票人，只能是進門來吃碗泡麵，喝口涼水，投幾枚硬幣在吃角子老虎內，看著幸運的彩燈轉兩轉，縱使找不到窩身的地方，總還是滿臉放開心胸的嘻笑，這些碰壁的挫折絲毫不削減情感連絡以及投抱大自然的快活。

燕旻那碗掀了蓋的泡麵，依然乾巴巴的算著亮起紅燈的熱水。迎著電動門一開一閉送進來的落山風，一掀一闔、一掀一闔的替倦了的服務員開口迎賓。

四點一刻了，光是這般慢慢的聊著，也已經過了兩個鐘頭。燕旻不為了肚子餓而來，自然也不在意開水加溫的燈號。夜更深了，更不會在這時候回過頭去走完全無法防備的暗路，雖然只是前後不到兩分鐘的腳程。

她拿起手來捶了兩下腿，舒展的腳程。

「怎麼？累了吧！不回去休息啊！」「不了！我記得沒出嫁前，還有個別號，叫夜來香。」「夜來香？」「是啊！夜來香！愈晚愈芬芳！」兩人相視而笑。對這滿足的夜晚，沒有家務的忙累，也沒有小孩的吵鬧，沒有對連續劇劇情的掛心，沒有生理心理不協調的頭痛。燕旻真是沒有體驗過，這樣真正屬於自己，而她所謂的「解放」。

「既然腳麻了，去散散步好不好？」其實兩人壓根也沒想到，會在這樣的機緣，這樣的場合，有這樣將真我呼出的際遇。傳統女子的莫大幸福，是美其名的夫榮子貴，完全沒有個人的喜、怒、哀、

樂，畏縮的地方只存在廚房和臥床的角落；甘心犧牲自己的青春與快樂，像染上不死不活的無名病，作繭排開背後的批評，最後無疾而終。這嗔痴，這糊塗，埋沒了真正做人該有的本性。

說開了，不外乎想像現在這樣，和一個真我，處一段知心。兩個人十指相交，卻也只是兩個鐘頭的朋友罷了！沒有一點躊躇，也不需要防禦，全身上下的毛孔都被冷風吹得豎起了寒毛，唯有雙手透過全身的神經，溫暖直透心窩。縱使對方洴洴的手汗，一點一滴也都是同性相惜的相見恨晚。

她們同來到涼亭上倚著欄杆，除了這一處月光直射下白晝似的地方，其他蒼蒼鬱鬱的深林，像黑灰不著邊際的白堊紀，六樓高的恐龍銅形靜靜的呲牙矗在草地裡。

「唉！」她深深長長的歎了一口氣，像內心不平，低語悠揚的一聲幽喟。

燕旻也迷糊了。這一路的靜謐讓她的心靈有了一陣子的沉澱，她撿算了一路的石級，通往了該屬於自己世界的天。已經有好久，她沒有屬於自己的夜晚，即使在家裡半夜醒來，也只是替孩子撩上小腳踢掉的小被子，再轉頭探向枕頭上去，繼續斷斷續續久久不肯重來的好眠罷了！

「你且站定，在這無名的土阜邊，任晚風吹弄你的衣襟，倘若這片刻的靜定感動了妳的悲憫，讓妳的淚珠圓圓的滴下，為這長眠著的美麗靈魂！」

是啊！她還真的是想眼淚了。

「是妳做的詩啊？」燕旻迎著風吹來的方向深吸一口涼意，回

頭問她。卻見未眠的路燈在她眼裡暗暗的舖上了一層薄翳。

她笑笑的攤開了手掌，只見星點的原子筆水，回答說：

「不是，是徐志摩的詩。」「妳再聽！」

她忽然大大的張開了雙臂，誇張的擺動肢體語言。

「妳且細聽，不解人意的落山風，無端端的舞弄思潮；千萬別驚動正安眠的生命，我的心雖然在這黑沉沉的夜裡醒來，也許會在天亮之後見光死去……」

她說得悲愴，兩行清淚已經懸掛在下巴了。

「喂，徐志摩太愁了，以後妳別讀了。」

「不！」她輕咳了兩聲，清了清哽咽的喉嚨，「下面這段是我的即興。」

時間靜下來有十分鐘之久，靜得連風都不吹了。廣闊的這個境地，沒有一點熱烈的情愫，但也不容許一絲庸俗侵占心靈。被叫醒的心，也不知哪兒來的那麼多事情，躲也躲不過，藏也無處藏，以前它只管是縮在安定的後頭，不敢伸頭探出，因為永遠不討好，在這樣的半夜裡被引了出來，那味兒，怎麼都無可思量。

「來，來。」她牽了燕旻一把，右手指著往遊樂場的路牌箭頭方向指去。

「到那兒去，我們一起到那兒去！」她的興奮又來了，在燕旻還來不及收拾心情的說著。

「別去了，太暗了！」燕旻心裡其實是這麼說的：今晚能夠遇見你，我已經非常的高興。這樣的緣分讓我很滿足；我從來不知道自己身在現實的框裡，忽略自己衝擊自己，擺平不必要的不滿；你

的熱力讓我通體舒適，真的，我們已經不是需要冒險才能見真情的朋友，真的！「走嘛！走嘛！」她拉了燕旻下了涼亭的三層石階，衝動的要強行去克服人性潛藏脆弱的心理底限。

燕旻只管是半推半就，踉踉蹌蹌的被拉下臺階，跟著小跑了一段百公尺路程，和著她催促的「快走、快走」，把夜趕得愈深了。

跑在前面帶路的人放膽的熱情，好似在夜蔭裡，更見光明。更見快樂，甚至盡興的隨意編唱屬於自己的韻律狂歌，高低調中有時潮起雲湧，到高潮時，急轉的低伏，怎麼聽來，在黑夜裡的敏感，如何的激昂也只是感受黯然神傷。她迷醉的半踮跳著腳步，全身奔騰的熱血取代了顫抖的解脫。鬆離了燕旻的手，手舞足蹈的轉起了圈，愈轉愈遠。燕旻才一會兒的迷眩，最後在能見度五公尺外，見她眼裡含著一包亮晃晃的眼淚，愈離愈遠。燕旻一楞！環顧四周只剩黑黑漸層的濃淡墨色，夢一場似的，什麼都不存在了。「喂──」她感覺自己的耳孔閉塞，唯恐這聲音只有自己聽見。

「喂！」她又放聲大叫了一聲，可是四處皆是草木屏障，沒有半點迴聲回應。「妳在哪裡啊？妳出來呀！喂──」

燕旻站在原地，本想好好回憶今晚的一切，偏偏腦筋裡一片空白，腳底像上了黏膠一樣，眼睛不敢更仔細的往無底的深黑搜尋，耳朵只急急找尋拖鞋與砂石摩挲地收音。她怨自己心不靜，思想不清。上半夜她的靈魂忘卻了一切，只享受在閒心的湖裡蕩著，連肝腸都給搖動；到了半夢半醒的邊際，不甘願夜闌人靜栓在思想上的自由，失了寄託的棧木。

「喂──妳出來啊！妳別嚇我呀！」

　　她的一字一句清清楚楚，唯恐早已跑遠的人，早丟了心，沒有指引的方向。

　　「喂——」

　　「喂——」

　　「喂……」

　　燕旻愈是用盡全力的喊叫，怎麼都敵不過四周神祕的氣壓，壓抑不下黑暗壓迫心跳的急速聲。

　　「哇……妳在哪裡呀？我不能回去，因爲我不能丟下妳。妳呢？妳卻捨得對自己私心！我喜歡妳的眞理，欣賞妳的眞性情，妳呢？就算要放棄我，也不能在這時候啊……」

　　她嚎啕大哭，愈聽自己眞心的說著愈惱，愈憤恨自己爲什麼取巧！女人注定下半輩子儒弱得沒有自我，竟然還貪心自信的想去爭取。

　　「妳出來啊！出來啊還是……還是妳今晚根本就沒有出現過啊？哇……」

　　風很靜，萬物也靜默的期待結局。悄悄飄過頂上的烏雲，一點一點的嘔著燕旻喉頭從腸胃裡冒出來的酸水。淚人兒一臉涕淚，大陽穴邊冒著鹹汁，一頭的雨露，動不了半步。

　　半晌，模糊的視線只見朦朧的白影從深深的樹叢邊露身，愈近愈巨。

　　她軟弱到了極點，趕緊用衣袖拭去了一臉的水痕，強忍著吞咽。這是她最後的機會，就算是夢，也得狠心揉醒。

　　白衣白褲的身影讓她有一些安心，來自底限的防禦也將轉換成

不自覺的攻擊力。只見她，反倒是堆著一臉始終如一的笑，輕鬆的
躞步走來。

「妳……」

分不清是什麼情愫，還是女人一上了年紀，淚腺便鬆動得容易。
燕旻暗地裡感謝上蒼，讓她的平凡，因為給了她這段偶遇，反而有
了洗滌；怨歎造物，便得原來收放不易的情緒，無端端的出現兩極，
現出了窩囊不已的掙扎。誰叫這現實世代，笑自難得哭也不得容易。

她倒平心靜氣，走到燕旻面前，脖子一橫，歉然的一個微笑，
便摯起她的手，往回程的路走去。

雨過了，月也隱了，遠遠的天邊滲出了一點白色的光，因路燈
座落的遠近將拉得時長時短的影子，也愈來愈淡。平日見慣，今日
卻充滿感動的曙光，充塞在兩人心窩尚有的空隙，盛得滿滿。走回
頭的路，縱然儘量的放慢了腳步，卻感覺時間過得倉促。眼前，就
過了昨晚賞月的涼亭，拐過彎，就見得到木屋區了。

一路上的沉默只為了不想打破思想的親近，但卻沒有人有開口
結束的勇氣。這本不該扛上的擔負。

「妳再聽我說一段話。」她一開口說，燕旻隨即投來心悅的眼
神。鄭重的起頭，讓她誠惶誠恐。

「個人最大的悲劇，是設想一個虛無的境界來謊騙你自己，騙
不到時，還得自行承擔『幻滅』的莫大痛苦。」

她恍惚的眼神，就像她昨晚唱的詩一般，心底唯恐見光後現實
的殘酷。「又是徐志摩說的？」「妳別管！只要記得就好！」她投
給她最後一個笑時，已在房號分路的棧道。

　　說再見眞是難事。因爲這說法在家裡才儼然是一種無形的任務。燕旻退了兩步轉頭往自己011的房號走去，忽地想到了什麼又回頭急急追了上來。

　　「喂，妳……」

　　她頭一斜，不代表陌生，不代表不解，只是，該過去的都該願意放手讓它走的寓意。「沒事。」燕旻瞭解。

　　其實強求的東西又有何意義，相逢又何必曾相識呢？縱使彼此不知姓名，縱使往後沒有辦法連絡音信，也縱使她會再有屬於她另一處解放的幸運。

　　燕旻預想著，也許今天，她們會在花園遊樂區的某一處再碰面，彼此身邊環繞著自己的小孩和家人，只能是遠遠相視彼此留戀昨夜的黑眼圈；眼角一陣酸楚，眶裡打轉的疲累化成豆大的兩滴淚水，拖曳到兩頰，突兀的像清空的流星，稀有而珍貴。

　　孩子會天眞的問，媽媽的眼睛爲什麼會冒水？她也許會笑著用童話來回答，但她心裡篤定的知道，因爲訝異，因爲迷惑，因爲聳悚，因爲驚心，因爲除了自身的存在，還有另一個自己。

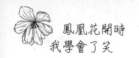

笨蛋的感情書寫

「再能幹的女人，遇到感情就是笨！」這是很多人會對我說的「體己話」。

執著有錯嗎？愛了就是愛了，恨了就是恨了，不可以嗎？

A 少年輕狂

如今，輕狂拿來說嘴。不是當年姑娘我不愛讀書，而是被男生追得沒時間可以讀書（講笑而已）。

中學是男女分班，男女生的樓棟間，總關著一柵鐵網門，我的班級位置正好是在和大我一個年級的男生班交界點。每到下課，男生們總是在走廊陽臺鬼吼鬼叫。講不出那種曖昧的感覺，又羞又想表現。青春期的女孩總在同學的聳動和男生的蠢動之中，一天比一天的想要快快成熟。

他的信，交到我手上，就是透過一個活躍的班上女同學。

「拿去！怎麼會是妳？」她的口氣不悅，帶點責備。

我不知所以的接了信，看了信，因為沒有期待，所以突兀！是哪個鬼我都不清楚，無緣由的還和一個算是感情不錯的同學有了嫌隙。自從這封信後，還接了三封。這個女信差同學，一直到國中畢業，甚至念了同一所高中，都沒和我講過話。

他總愛戴個墨鏡，做個引人注目的人。文筆極好，信尾還會作畫，到我家來站了兩週崗。第一次約我，是去西子灣放風箏，好風雅的休閒。

他站在中山大學的隧道口，單槍匹馬，手上捉著一隻狂想振翅的風箏和一抹笑。而我，被兩個同學半拉半推的，湊過去說了兩句話。

「我該說什麼？」我問同學。

同學教我，就說：「風這麼大，你穿這麼少會不會冷啊？」

「什麼？這句話不是都該是男生講的嗎？」我一邊問，一邊腦海裡閃過電視連續劇，男生問完這話要把身上的夾克脫下來披在女生身上。

「妳很笨耶！」這句是同學對我最後的結論。

最後，風箏沒放成，我們就在隧道口隨便聊了幾句。

我說：「我不知道我為什麼會來？我也不知道我該講什麼？」

他笑笑說：「沒關係，妳有來我就很開心了。」

這樣的會面單純到極點，但心裡總覺得越了校規那條線。如果青春的那時，有偶像劇可以看，或者有《那些年，我們一起追的女孩》可以學習，我會試著學沈佳宜告訴他：「謝謝你喜歡我。」因為，沒過多久，他就沒出現在學校了。

有人在訛傳，他被退學，是不是因為那次西子灣之約？有人說，他轉學，但是沒有下文。我有失落。當時不知那滋味是不是叫失戀？

最後的那一封信，被我收在抽屜裡。短短的幾行字，只說他很惋惜這段不算有開始的感情，但信尾卻畫了一把劍刺在一朵玫瑰上。我看到了他的心碎，他卻不知我討了一頓皮痛。因為爸爸搜到那封信，抽了我一頓鞭。

交談很短，情自然不長。但我總想起，如果有一天在路上碰到

了他，我會告訴他，早知道我就真的去放開自己，不然被白打。早知道他會離校，我會多看他兩眼。因為，我雖然期待想碰到他，但是，根本記不起他的樣子。

我也曾經碰到過那個和我國中三年，高中又同校三年的女同學。她身邊陪了一個更高大帥氣的男生。我想湊過去問她，要不要言和？但是，又覺得多餘。因為那晚我也是有人護花。

恨自己不狂。

B 騙

文文在夢裡大叫了一聲：「不准親她！」

然後醒來，滿身是汗！明明房間冷氣還在放送著。

黑暗中，只有老公在身邊熟悉的呼呼打鼾聲，火車過山洞一樣。

她摸了黑來到客廳，摸了茶杯，倒了杯水，就這樣暗暗的夜裡，獨坐在沙發。

「為什麼做了這樣的夢？」她問著自己。

幾個小時前，她和她老公坐在這看電視，老公的手機響起，支支吾吾的講了一些話，但話中有隱昧不了的情緒。

「誰打給你？」當下，她問。

「呃……一個好久以前的朋友。」老公這樣答。然後，他離座去冰箱拿了瓶冰啤酒。

一瓶又過一瓶過後，文文沒有放棄心裡想要解開的那個疑惑，接著再問。老公沒有閃躲，實話實說，是他以前的女朋友。

「她找你幹嘛？」

「她……我怎麼知道？怎麼知道她忽然想到我？她只說，她離婚了，就這樣。」

酒精在發作。於是，他紅著眼眶告訴文文，這個不知第幾任的前女友，當時傷透了他的心。

「哦」。故事聽完，文文只有簡潔的這麼一個字。沒吵沒鬧，因為，她不捨得他再痛一次。或許是因為當下沒有發脾氣，因此造了這樣一個夢境：夢境裡，有個模糊的女人，和老公親暱相依，臂交著臂，頭靠著頭，眼看著，感情的芽發得錯綜複雜……

如果他騙她，是不是就可以無憂的一覺到天亮？文文這麼想。

不可能的！自己那麼聰明！那種驚恐又喜悅的眼神，騙得了誰啊？文文又這麼想。

不對！下次再這樣，一定當場發飆！

不行！萬一太兇了，是不是等於給了那女人一個機會？

文文頭沉沉的，望著陽臺外被雲遮得殘缺的月亮，黎明還早得很咧！

「幹嘛不騙我？」

「幹嘛我要讓他騙？」

文文兩相權衡，愈想愈氣！走進房間去，用力拍了一下正熟睡的老公。

老公縮了一下腿，「嗯……」了一聲，轉個身，又睡了去。打鼾的聲音，比剛剛還來得大。

C 備胎人生

老蘇的老婆終於決定要重新踏出人生的第二步,雖然她已經五十多歲了。

很多人很訝異!結婚都二十多年了,該忍的也忍過來了,為何要選擇結束?何況她自己也已經五十多歲了,不管是工作或是感情,再找第二春的機會也很渺茫了,何不就順著日子走下去就好

她說,她不想再當備胎了。

備胎?怎麼會是?妳是明媒正娶,紙頭有姓,紙尾有名(臺灣諺語)的老婆啊!

故事是這樣的:

老婆說,老蘇的朋友很多,總是不時打電話約他出去喝酒作樂。只要一接到電話,二話不說,不須經過家人或家事的同意,套上外褲就往外跑。大部分回來的時間,家人都入眠了;偶有天亮回來,家人是醒著的。認真算起來,一週有八天都在外頭。

這樣的日子過了好幾年。老婆慣了,偶而見老蘇在家發慌,還會渾身不對勁。開口問老蘇,「你不是朋友很多,為何今日沒節目?」

老蘇說,他沒有朋友。

沒有朋友?老婆想來很奇怪,那些不時響起的電話鈴聲是來自哪?鬼來電?

這種沒有朋友的景象,不會維持太久。因為很難預料電話,簡訊何時會來?

老蘇不在家時,老婆是女傭兼怨婦;所有家人家事一肩扛起。

老蘇不出門時,老婆還是女傭兼怨婦;扛起所有家務時還得服

侍一個發慌的老爺。

家裡的東西，和不好的情緒一樣，一丟一撿。

「我只是個備胎，讓人備而不用而已！」老婆心裡篤定要離開了，這樣說。

現場聽到的所有女伴，沒有人發出半句話。因為，我們都知道，男人變心有可能是為了另一個女人，但是女人變心，多半是為了自己。

「備胎」，好麻煩的兩個字！它被載在車子裡，任隨著車子往東往西，沒有任何意識。或許它只是好命的被癱在車裡，不用拼命跑路，但是在生命上，它隨時要被遺棄。

老婆如果是備在家不用，她是備胎；但老蘇何嘗不是朋友的備胎？人家想到他才有他的出現啊！一如他自己所清楚，他沒有朋友。

交遊滿天下的人，安靜下來也是有腦子的。

「他是不是外頭有女人？」有人發難這麼問。

「鐵定、肯定、一定有！」有人斬釘截鐵這樣答。

她深深的嘆了一口氣，說：「可能有，可能沒有。我已經一點都不在乎了。因為他說他有權利自主過他的生活。最近我才想起，我也該有。」

於是，她決定要離開了。她不再做備胎，雖然這是部很多人羨慕的高貴名車。

未來會後悔的是誰？沒有定論。但是，可以克服慣性的人，是最堅強的人。

D 薯泥沙拉

雨季剛過，黃昏市場菜販的菜架上，綠色蔬菜數量短缺、價格又不便宜。帶點土色土味的根莖類蔬果反而成了精打細算的主婦最愛。其貌不揚的馬鈴薯一顆十塊錢，我挑了兩顆。

我不擅於精算，也不是個好廚娘，甚至忘了是幾歲時學會了作菜？唯一做的一項功課，便是大傳媒體教導女人面對愛情的唯一通識：「想要捉住一個男人的心，要先捉住他的胃。」

刷掉馬鈴薯表皮的那層土時，我煮了一鍋清水。瓦斯爐在我左手肘上淡淡的著了熱熱的溫度。記得那年，第一次做這道菜時，我把雞蛋放在水中，然後放個蒸盤，盛著馬鈴薯切片掛在鍋內上層。自以為的經濟實惠，卻沒有得到他的肯定。

那年，我認識了他。一個隻身在高雄工作的異鄉人。公司沒有提供餐點，宿舍也沒有提供廚房，簡單臥房裡的電器，只有一個小冰箱和一台插電的熱水瓶。看他三餐不是泡麵就是外食，於心不忍。開口問他，最愛吃什麼菜？可以隨手想吃就吃的那種？他說，留學美國的那幾年，他覺得最方便也最喜歡的菜色是，薯泥沙拉。

一道簡單的沙拉，有什麼難的？我利用了一個休假日上菜市場，買馬鈴薯、沙拉醬、雞蛋，還買了顆蕃茄和一條小黃瓜。融合了我上餐館的記憶，是馬鈴薯和煮熟的蛋黃碾成泥，將蛋白切成丁，混著沙拉醬將它們均勻攪拌；帶著被誇獎賢慧的期待，就像舖陳在保鮮盒四周的配色，綠葉似的小黃瓜片和橙紅色的蕃茄片，花朵綻放的成就感。

他當著我的面，打開保鮮盒，拿了湯匙舀了第一口，放進嘴裡；

再舀起第二口，放進嘴裡，然後淡淡地說，馬鈴薯該用烤的。

我心一沉，臉也垮了。

「馬鈴薯不能用蒸的嗎？」我問。

「烤的會比較香。」他說。

「烤的比較香嗎？有差嗎？」我也舀了一瓢，放進嘴裡，拼命搜尋腦子通往味覺的記憶。

「火烤的像妳的熱情。而且，妳就像馬鈴薯。」他瞅著我看。

「馬鈴薯？」一時沒有回過神來，為什麼我不是香甜的蘋果？或是鮮嫩欲滴的草莓？而是土土的馬鈴薯？我不解，也不喜歡那樣的形容詞，便把臉別到一邊去，正好瞥進了他床邊的穿衣鏡，看見了穿著卡其色洋裝的自己，和南臺灣的太陽膚色連成一氣。坐在身邊的他，皮膚白晳，舉止優雅，襯衫的袖口平整的別著金色袖鈕，典型的臺北斯文人。「你在罵我土！」我不高興，捉了皮包就要走，他卻一把攫住我。

「寶貝，那不叫『土』，那叫『眞』！」

「哼！你會說話！給我拐彎抹角！你呢，你呢，你是什麼？」我指著他的鼻子問他。

他捉住我的食指說，他是蛋黃。接著下來，一如製作薯泥沙拉的步驟。馬鈴薯被去了皮，和蛋黃緊緊地，毫無縫隙的揉和在一起。

十多年來，我一直不愛吃薯泥沙拉，雖然嫁作人妻，也沒打算要重新做第二回。

水滾了。我把四只雞蛋放進滾水鍋裡；將兩顆馬鈴薯包了錫箔紙放進烤箱；熱了平底鍋煎了兩片火腿片。接下來，等著時間的流

轉，就只剩下組裝的工作了。

等待，是一件很折磨的事，雖然我把客廳的電視音效開得很大聲，有些字詞，伴著音律，迴旋在通往廚房的長廊。當時的他總是告訴我：「美好的事情，需要等待。」於是，我關起耳朵，閉著嘴巴，從思念難熬、到習慣他北上回家去，帶一大袋待洗的衣物換回一疊乾淨清香柔軟的換洗衣物來，和一臉滿足的微笑。

她很賢慧嗎？我曾經想問，但沒問出口。我知道我一定有某一種好，足以暫時將她取代。起碼，在我的地盤。

那個做薯泥沙拉的隔天，我還耿耿於懷。看著他從冰箱裡拿出過了一夜的薯泥沙拉，我問他：

「還有呢！」我心想，真的好吃的話，應該要迫不及待的把它吃完才是。

「蛋白切丁攪進薯泥裡怪怪的。如果把做好的薯泥放進完整切半的蛋白裡更好。」

我輕輕「噢！」的一聲，故意漏掉他接下來說的那幾句話，也不想再回半句話，拖著疲憊的身軀閃進洗手間。在廚房裡忙的一整個汗水淋漓的下午，連同那個保鮮盒，一併被放進了冰箱兩天。

「她做的薯泥沙拉比較好吃嗎？」當我看到他才又吃了兩口就整盒放進冰箱時問他。

他答我：「有什麼好比較的？」

今天為何我又做了薯泥沙拉？因為比了菜價。如果高麗菜一顆也十塊，我一定不買馬鈴薯。如果我是奇貨可居，他會不會遺棄糟糠？多年之後，為了挑食的孩子而做這樣的新花樣，只有自己知道

某一份期待才是眞義。

這個男人，不似生命的過客，因爲他總是重疊著多個男人的影子。這些男人，試過我爲他們做過的任一道不同的菜色。

我很少留下和男友們合照的相本，取代而之的是一大格書櫃的食譜。他們所愛的青菜蘿蔔，各有所好；瘦鴨肥牛，都是慾望使然的動物。解了渴，充了飢，還不足以解除身心的警報。雖然最後我甘於了某種執著而忠於一個家庭，但我始終沒有否認過，男人在追求慾望的本質上，是一條不歸路。

我花了很多精神爲結婚證書上專屬的一個男人研究食譜，但他總是在下班時，打了電話告訴我他不回來吃飯。一桌熱騰騰的新菜色，在半夜十一點回鍋第一次，總希望還能維持當天的驚豔；但是最後，它們都成爲了我的隔夜午餐和晚餐。一連讀了好幾本的食譜，總是反省著少了哪一味？幾日、幾月、甚至幾年之後，桌面上總不經意的出現了「當歸」燉什麼什麼的，一熬再熬，喝得我口苦、臉苦、心也苦。

「如果你不回來吃飯，可不可以早點通知我？」我肚子裡的餿水終於發酵，在電話裡對他吼過一次。電話另一頭，一堆男男女女的談笑聲，他重重地「噴！」了一聲，接續了話筒裡長音「嘟——」的句號。

他經常徹夜歡樂，我則成了辛苦的叫床雞，一次兩次三次……乃至無數次，我罷手了。隨著幾次上班遲到，薪水袋裡有所短缺，他對日常工作充滿了抱怨和不平；忽然有一天，他正常了。早晨的固定時間，手機裡有個我熟悉的電話號碼，卻套上了陌生的陽剛名

字，叫「阿福」，是他的義務鬧鐘。電話響兩聲，就停。他睜眼便一躍起身，歡欣整裝去迎接每個新的一天。

有人勸我，戰爭會讓人想念和平，流浪久了終究會讓男人想起家庭。在一次又一次的等待之中，強迫自己去盯著牆上的結婚照，疲累到忘了如何撒手而去，才想起，有個他對我說過：「美好的事情，是需要等待的。」

當年，他也這麼對他遠方的老婆這樣說的嗎？眼眶有點酸軟著發熱，恍神之中才看到自己砧板上切了洋蔥，忘了將它和火腿片一同放去鍋中爆香了。

等待不是一種天賦，而是習慣而成的血流。它被小小劑量的注入，點滴累積，不斷的嗜癮，取代了汗腺的激情，擴張了淚腺的無窮。當淚腺堤潰了，流失了曾經似有若無的承諾，一併也把早已沉澱的某些影子，傾倒了出來。

「我喜歡妳的笑！淺淺的酒窩像要冒出芽來一樣，熟成的馬鈴薯，淡淡的甜。誰說的那句『天上掉下來的禮物』？」初識的他，這麼對我說過。

「拾人牙慧！沒有創意！你才是『天上掉下來的禮物』咧！」我嘴裡反駁，但壓根倒喜歡當禮物，更喜歡看見拆禮物的人驚喜的表情。只是，上天給我的這份禮物，卻早已被寫上其他收件人的姓名。

美好的事物說來是渾然天成，它不是刻意製造，只是不小心地被發現。當年沒有經歷過，激情並不短暫，半年後他調回臺北，不需要分手的理由，下一道菜，自然也不需要我經手。

「會再有一個和我一樣的角色取代我嗎？如果你有機會調到臺中去，或者，彰化，或者，嘉義，又或者……」臨別之時，我送他到車站時含著淚水問他這些話。

「傻瓜！妳不一樣！」

最後一個擁吻，沒有物歸原主的放心。

雞蛋在熱水裡小小的爆裂了。白白的蛋白爆出一道明顯的傷痕，明明和蛋殼一樣都是白色的，卻突兀得極不完整。殼裡是蛋白，爆開了一樣是蛋白，我有什麼不一樣？趕忙熄了火，將它移到水槽裡沖涼。

去了蛋殼，小心的剝掉那些突兀的白色傷痕，爲了保持蛋白的完整，因爲它是可食的薯泥沙拉的容器。捨不得那些溢出來的熟蛋白，乾脆放進嘴裡。無味的，那一句被熱開水洗練過的「美好的事情，需要等待」。

調回臺北後的他，來過幾通電話。常態的思念，成了交代生活的瑣語；殷切的問候，已經沒了面對面迷濛的眼神。相識之初，他沒有隱瞞已婚眞相，我也不是存心故意，便無所謂是誰從誰的生活裡退了出來。這是遲早的事，恍然那時的薯泥沙拉已經暗示其中，無意聽到，又不想聽到的話。

「蛋白切丁攪進薯泥裡，口感怪怪的。如果把做好的薯泥放進完整切半的蛋白裡更好。」

「爲什麼這樣會更好？」（當時的我閃身進入洗手間。）

「因爲蛋黃終究要回到蛋白裡的啊。」

其實小孩不愛洋蔥，就算爆甜了、充分和勻了，勢必也被挑到

一邊去。我一小把，一小把的將切好的洋蔥屑一口一口往嘴裡送，辛辣的脆片爆發嗆味直衝鼻腔，變成陣痛似的抽噎，一聲緊過一聲……

客廳的電視新聞裡，片斷地傳來最近炒得火熱的緋聞事件，兩個女人為了一個男人怒斥對罵的聲音，接著，我把蛋黃、薯泥和沙拉醬，加點鹽巴拌勻，用擠壓捲注入切半挖空的蛋白裡，再將小孩最愛的，紅紅笑靨似的火腿屑撒在上面。

牆上掛鐘敲過四響，趕忙收拾廚臺和過往，迫不及待等著看孩子放學進門後，驚呼地睜著無邪的大眼。

上桌。

痴心

（曾刊登於 86 年 10 月 16 日《臺時》副刊）

那個好看的男孩子又來了。我從櫃檯透著透明的玻璃展示窗，看他依然把半身隱在柱子後面，左半臉的酒窩老是一陷一陷的，不知 Angela 又在電話裡跟他說了些什麼，讓他這麼前半秒一喜，後半秒又憂的牽動著面頰神經。

他告訴過我他姓林，可是我不喜歡也不習慣喊他林先生，我寧可面對每日晚上他出現在電動門下時，彼此那種相視的笑，起碼感覺要比「林先生」來得熟稔的多。但我們只是晚間在便利商店相伴的朋友，不，也許連朋友都談不上吧！起初我跟白日班的小麻雀提起過他，她還特別和同事換了小夜班，等待鑑賞我所說的好男人。她畢竟是本地新營市人，一眼看見就道出原來他是前兩條街上新開的電動玩具店的老闆。從她意興闌珊的眼光和毫不猶豫便轉頭忙去的態度，剎時讓我自覺是不是真的看走眼了？不，是小麻雀不了解他罷了，他真的是一個好看順眼的男孩子。縱使這消息已經像麻雀細語班的不脛而走，但我終究沒改變自己的看法，和每日持續等待他的出現。

也許這世界上沒有了 Angela 他便會正眼看著我。其實他也沒有斜眼或大小眼，每回來都是正眼看著我，然後掏錢買一瓶飲料和十張電話卡，這麼單純的關係，讓我覺得自己的妒火來得莫名。但如果沒有 Angela，他也不會日日出現在店外貼牆的公用電話邊了。不是嗎？我衡量這事不關己的一得一失，還曾經找錯了錢。這下好

了，得的根本八字沒一撇，眼前就失心賠錢了。我特意在這七點到八點的時間空下來，不補貨、不盤點；如果上天也有這份美意，通常這會兒新聞時間便不會有太多的客人，足以讓我看著他，從頭到腳、從腳到頭，從胸前的第一個鈕子到褲管的縫邊，從第一張被吃進去的電話卡一直到第十一張被吐出來（因為買十張有送一張）。吃完他一天的最高預算後，他會再進門來把打過的卡全送給我，然後一同抱怨電話卡吃得太快速，電信局灌水賺錢太嚴重。不同的是，他是笑笑的對我說，一點也沒有憤怒的意思；而我，是暗暗的在心裡罵。幸虧自己尚稱理智，否則可要將店裡的電話卡免費或半價優惠傾巢而出了。所以前人說的實在有理，單戀果然是辛苦的。

不過他今晚真的有些不尋常。只是一逕的拚命點頭，一直在電話線的半徑裡繞圈踱步，時而踢弄著腳下一個要飛不飛的塑膠袋；袋子幾次貼在他的鞋尖上，他便用力彎腳一甩，待甩開後，又無意識的撥弄著，企圖讓它逆風飛行。上回他說 Angela 在美國已有了新歡，說是要分手，看來今天無非是給了我轉機？不、不，不能這麼想！如果他這麼善變，不就枉費自己這麼讚賞他的執著？其實我和 Angela 根本不認識，但上回我真的想替她說一些什麼話，卻在公用電話上苦找不到重撥鍵。也許自己真的過分了！如果失敗了，不也順著砸了自己辛苦上班的一個慰藉，相伴忙碌之外的朋友了嗎？自己其實很小氣的，根本沒有胸懷成人之美的大愛，但我只想保守的守住我可以擁有的日日期待啊！

咦！他掛上電話了！等著卡片跳出來！真的不尋常了！每一回都是按換卡鍵，直到卡片跳出，口中還急急忙忙的像交代什麼，

然後賠上一個無奈的苦笑。我趕緊收回遊走在他身上放肆的眼光，找來抹布擦著櫃臺上剛剛客人買冷飲留下來的水珠，低頭的同時，聽見電動門感應器「叮咚」的聲響，並且武裝起我蓄勢待發的微笑，等著他一步一步的靠近。

「嘿，你要收集的電話卡。」我一直都忘了自己沒有告訴他姓名，畢竟這還算是一種矜持，售貨員該對所有顧客一視同仁的。不過，這樣的一聲「嘿」，就像我不願稱他林先生一樣，起碼有一些接近一點的關係。我不知道他怎麼想，可是我寧可這樣告訴自己，雖然在旁人眼裡撲朔迷離，但總不至於曖昧。「謝謝。」他今天笑得有點僵，有點牽強。我接過三張電話卡，這些卡片沒有他的手溫和體溫，甚至沒有「CD 華氏溫度」的香水味。

想必這些廢卡剛才全給攤在電話機的頭上，而不是熱情的握在手心，或者揣在口袋裡的。「我女朋友和我 break up！」他無奈。「你知道 break up 的意思嗎？」他又急急忙忙的恍然像想到什麼事一樣的要為我翻譯。我表面上伴著同情的笑，慢慢點頭，很規律的，心裡卻急急的像在告訴他，看他一副失魂落魄、沒出息的樣子，有九成九的把握不會猜錯是「散了」的意思。雖然我沒念過這個生字。「我女朋友，就是 Angela 嘛！對，我跟妳提過的，對，對……」我又頻頻點頭。雖然心裡有點酸，但我非常有公德心的知道，什麼樣的人事，總有個先來後到。「對，我提過的。……其實這樣也好，她在美國總需要人照顧，否則課業那麼重，生活又無所依靠，壓力實在很大！」他像在對自己說，完全不理會旁人的聲音；不豎起耳朵聽恐怕聽不見，豎起耳朵聽，偏偏又只聽到他的心碎！「怎麼沒

125

想到去美國和她一起？留在臺灣苦相思，而又害怕她受了別人的照顧？」我把目光遠遠的放在一個正在挑乖乖和蝦味先的小男孩，盯著他手上的兩枚硬幣，久久下不了決定。輕輕的說了這話，我但願他沒聽見，或者說我只是隨便說說，不需要真正考慮我提的建議。

　　「我今年要插大，總得念完大學再說。況且就快要三十歲的男人，現實和義務是不容許理想存在的。不過也應該這麼按部就班來，要不怎麼追趕得上 Angela？」小男孩終於決定拿了乖乖到櫃臺前來，並將握得滿是手汗的兩枚硬幣攤在結帳臺上，童聲的對我說：「阿姨，給我發票！」小孩尚知一分付出，一分收穫，外帶百萬分之一的回饋，但我心疼眼前的他為什麼一味的付出，卻沒想到過這環道理。

　　「對了，我給妳的電話卡少說有六、七百張了吧！」

　　「是啊！」他根本不知道收集電話卡的興趣是為了拉近彼此距離而培養起來的，並且只收集「他的」。

　　「哦！對了！給我一條七星。」

　　「不會是受了太大的刺激吧？」我狐疑的看著他，唯恐這些美好的形象就要打破。但其實即使破滅了，我知道自己尚會安慰自己為他補鍋。

　　「沒有啦！幫店裡客人準備的。」他搔了搔頭、好像覷靦於這樣的社會，一個三十歲的男人不會抽菸是一件很難為情的事情。他仔細的算了錢，點收了發票，將七星菸夾在腋下，推了推眼鏡對我說：「我該走了，拜拜！」

　　待他還來不及轉身，我怕是自己的心事也隨著這樣的一聲問語

傾巢而出，連自己都覺得衝動。

「明天你會不會再給 Angela morning call？」

「不知道，也許會吧！應該會吧！」他拋下了一個笑，繼而讓電動門給吐了出去。我看著這三個多月來熟悉的身影，漸漸融進了路上熙熙攘攘的人群中，沒在對街，成了一個黑點，在眼裡薄薄的白霧中。

電動門的感應器一直「叮咚」「叮咚」的提醒我，是上班時間，該好好招呼客人。但我只是低頭握著今天的三張電話卡，努力回味那麼簡單的幾句問答。我不知道明天，或者以後，會不會再看見他那臺小小破破的 Uno 停在對街電器店門口，那麼高大的一個人神采奕奕的鑽出來；又或者再送來每張付出精神、時間、金錢的電話卡，雖然每張都是 Angela 的影子，可是我還是會欣然接受。待我小心的保存著這不知是不是最後的三張卡片，並且收拾乾淨我濕漉易感的心情，又聽見那熟悉的童聲對我說：「阿姨，我想換蝦味先，可不可以？」小男孩乞求的眼神，渴望一個肯定的答覆。我揮揮手示意他自己進去換。同時想著，其實天下的女人，對心愛的家人，心疼的男人，或者可以是任何一個沒有關係的人，只要是合情合理的要求成全，應該都是善良得容易心軟的。

也應該，包括 Angela 才是！

蝶飛千萬里

（曾刊登於 88 年 1 月 2 日《臺時》副刊）

　　明明入了秋，但悶燥的熱氣仍籠罩著大中午的高雄小港機場，迎來送往的人們裡門外穿梭著；珍重的交代，不捨的再見及手巾與眼淚的情意，充塞在離別的國際空間。出境入境之中，除了記錄在膠捲裡的回憶，沉重的行李，還有一班班旅客上上下下帶進來，一室交錯的興奮和疲累。除了機場的硬體新氣象外，表現著數十年如一日，乏善可陳的景觀。

　　兩岸三地在媒體的報導之中，氣氛變得緊張。辜汪兩先生在元首相訪之前先來個復活暖身運動。但又在駭人事件頻傳之中，雙方在條件的要求下，交互遞出橄欖枝。在螢幕上，表面態度和善誠懇，百姓只是一個勁「上有政策，下有對策」的搖頭。唯獨憎憤臺灣景氣低迷與非得冒著風險在刀口上賺錢的臺商，仍然絡繹不絕的在空中飛著。

　　而我，只是公司的一名小主管，雖然沒有駐內人員非得忍受生活條件的不便、與親人分離的心酸，可是終究得為一個月五萬塊的月餉付出全力，奔波於時常調派但成果終不歸己的本分。

　　出差多趟了，原來還會掛心孩子、老婆的擔憂，久而久之，她們也都練就了爸爸老公不在的獨立。總覺得，不如隔一段時日出去飛一趟，在家反而嫌得多餘。和往常一樣，偕同兩名經理去北京簽約、勘察、肩負了教育幹部的工作。三個等著去公幹的男人早到了機場，圍在柱子邊的菸灰缸吞雲吐霧，本想等航空公司櫃臺前

Check in 的人潮消退，身邊的黃經理雙眼一抬，瞳孔忽地放大，我便也隨著他的視線而去。

其實看著她的人何止我們三個人！場上除了櫃臺內的人員埋首作業外，我敏感的聽見了室內的喧嘩聲忽地靜了有十秒鐘之久。西裝革履的男人們，道貌岸然下藏不住上天附予的獸性，反應在肆無忌憚的注目禮。

她不但沒有亮麗的打扮，還簡單得要命！一條黑色直筒的長褲襯得雙腿修長，一件深咖啡色的針織外套衫，裡頭是一件開低襟的針織黑色背心。清湯掛麵在肩上倒 V 的髮型，臉上除了勾勒得唇形厚實的口紅外，幾乎是胭脂未施。她從喧囂的都市大門走進來，可是脫俗得像不染一絲塵埃。

「長得還好嘛！不過倒是挺特別的。」

反應稍慢點的林經理下了這樣的評論，像身邊一些後知後覺的過客一樣，先是驚豔的調整了自己的目光，再恢復手邊進行的工作。再一次，又一次，假裝無意的抬頭，搜尋她的所在。「滿有味道的！」黃經理還嘖嘖的看著她的一舉一動。

我一看她上前去排了隊，便自告奮勇的去辦理劃位，暗暗的高興可以和這樣的女人同登一架飛機，在枯燥的旅程裡，有些調劑的事可以做。起碼觀望，起碼在這擠滿九成男人的空間裡，有一朵花可以欣賞；甚至貪心的希望，也許可以坐在她身邊。當然，我搶先的排在她身後，而上天終究沒有首肯我付出的實際行動。陰錯陽差，反倒是林經理成了她的鄰座！而我和她之間，隔著他和一條走道。

黃經理在我耳邊嗡嗡的叨唸著公司的政策，什麼好，什麼不好

的！前兩天和大頭開會去，被盯了滿頭包，總說業務部的業績提不上來。上頭不管景氣問題、市場供需，一逕的要求配合企劃部搞活動，利用人力廣告擴展，度過淡季的過渡。我心裡很清楚，黃經理是個土法鍊鋼型的傳統業務人才，而且不否認他一對一的能力。但資訊發達，專業求勝的社會裡，組織整合的發展才終能永續。他憤世嫉俗的唾罵著。而我，從坐定位後，起先一直沒有離開同排窗邊的 A 號位置。從她扣上安全帶後，視線便一直在窗外，不安的眼神在眼簾底下，微微的透著濛濛的光。空中服務人員來來回回的走動，遞著濕毛巾，詢問要不要毛毯，而她卻一直不為所動。她單獨的世界裡，除了一大片搧動風阻的機翼，四個巴掌大的窗口外，還有什麼？

機長透著廣播千篇一律說著感謝祝福的言詞，一同春風得意、自在飛翔什麼的，對我而言是同生死的暗喻。飛機滑行到預備跑道，加速的要起飛了。我趕緊把右手按在前座椅背，深怕速度的衝擊。縱然已經不是第一次搭乘飛機，但我總不願宿命的奉獻，我有妻女，有足堪飽足的資產。

機頭四十五度角的抬上來，卯足了吃奶全力的大鳥，仰首穿透雲層。待慣性定律在我身上一點一點的適應後，我又回神到那特定的位置。原來人與人之間的緣分還是經由一些默契的！她正隻手撐著前座椅背，和我先前一樣的姿勢，緊閉雙眼，把緊張全閉鎖在體內。機身忽地一沉，把全機人的心都往上提。我見她一陣欲嘔，連忙按住了胸口。我怪異的閃過了一個無厘頭的疑問：西施捧心是不是也就是這麼一回事？機身而後一調上，我又覺得腦袋空空的，只

知道身子急速往無底的座墊裡下沉。在科技的包容下，人類眞是脆弱又渺小的動物！明明是寬廣得幾乎不著邊際的機場，一下子變成了腳下的跳房子，再一下子又成了手上地圖的比例，然後只剩下藍藍的海天，開著一朵朵的小白花。我看過她現在的窗外世界，心靈契合的程度加深了層。十年才修得同船渡哩！

　　高雄飛往香港的班機，在空中停留的時間，其實就只有半個小時，空姐們也抓緊了時間遞餐、倒水、賣免稅商品。

　　她連餐盤也沒動，只要了杯白開水。亂流的警示在機艙內「噹」「噹」作響。我也無味的吃著機上供應的便餐，心疼這樣的女子，那樣慵懶的寂靜，連美味的蔬菜蝦仁米粉也嚥不下口。反倒是斜前座的外國女人，蹩腳的用著筷子，呼嚕嚕的不到五分鐘，餐盤上的食物均一掃而空。我慶幸自己是個東方人，有幸接觸東方女性的含蓄教養。但一回想自家的老婆，每回一上機便急著找尋機上免稅商品雜誌，好像非得血拼一番才算出過國門，坐過飛機似的。

　　很快的，我所際遇的遐想就將在廣播聲中結束。「各位旅客，我們在十分鐘之後即將降落在香港啟德機場，請您豎直椅背，收起小桌板，繫好安全帶，我們的空中服務人員將為您做安全檢查。」曼妙的紫色旗袍在走道間來回的走了兩趟，機頭便開始往下沉。我忍著清醒的理智，不願再因一點點的膽怯，讓我不能再多看她幾眼。

　　和先前一般，除了承受不能自我操控命運的無奈，她的視線始終沒有回到機艙內或轉移到任何人身上。也許是空難事件太過頻繁，讓人在不得選擇的情況下，還是消極的接受不知何時會發生的制裁。同事明快的下了飛機要到轉機櫃臺去。在轉運的巴士上，我

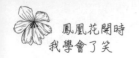
遠遠的見他最後一個上車，溫吞吞的態度可見她的今天是多麼的冗長了！

林經理不忘跟我們說說：

「小吳，你看她外在一身的樸素，裡頭可是一件紅色內衣哪！」

「你怎麼知道？」我沒好氣的厭惡著身邊的無聊男子，像幼稚的孩子，一心只管拆開包裝，看看是否是合宜稱心的禮物，但卻無法壓抑自己也想一窺究竟的想法。

「當然是看到的囉！紅色的蕾絲露出背心外，不彎腰就可看得到了。不過……不大，頂多是兩顆柳丁。」

人的惡劣總是這麼來。先是遠觀一陣點頭，稱讚之後再加個「不過」的字眼，便要大打折扣。

「比起方怡可是差得太多了。」

說來說去，男人總是圖新鮮的。我從來就不認為大陸的女孩子比臺灣好。比氣質、比學養，前者在文化大革命後的落後，要追起十五、廿年，恐怕還脫不了養成習慣的無禮跋扈。加上經濟衝擊下的拜金，更是讓人望而卻步。中華民國對女子的「三從」教育，是我一直擁護和要求的。更何況她們的基礎教育裡，還不曾學過四維八德呢！我傻氣的為這事忿忿不平著。兩位同事卻事不關己的大步跨向前遠去。出了過境室，趕緊要找個吸菸區去解解禁了一個多小時的菸癮。

就叫她做 B 小姐吧！很多小姐都喜歡 Beauty 這個英文聯想的。是進香港了呢？還是和我們一樣，在這無國度的空間裡，像遊魂一般的蹓著？

　　每到這過境轉機的時刻，我總會難過自己這樣一個身分，處在沒有戳印的陸地公海。保障對一個三十五歲穩重成熟、安分守己的男人是必要的付出與收回。但眼前優游自得的八國聯軍，不管膚色是黑的、白的、黃的、紅的，大致沒有我這般易感。他們在商品街上瞎逛，坐在過路的椅凳上品頭論足，或像是身後玻璃窗內一室的癮君子一般，懂得或者盲從的，學著打發候機的時間。

　　一個咖啡色的身影閃過我眼前！是 B 小姐！她在吸菸室裡。觸電似的四目相接，雖然只有一瞬間，卻讓我心慌！但她的眼裡，除了原來的無神外，吞吐之間多了一點似有若無的安定。她盯著菸頭紅紅的火星，一釐米一釐米的燒成鬆散的菸灰，一口接一口的在煙霧裡找尋慰藉。

　　我想著可以進去和同事哈拉兩句，想都沒想的就推開了門。一陣濃白的空氣立刻竄了出來，讓沒有吸菸的我，視線突地模糊，嗆得一股腦的天旋地暗。我趕緊在兩步之內退了出來，而她也正跨出來，與我擦身而過。這是今天我和她最短的距離了。在我無法好好呼吸的那一刻，淡淡的洗髮精香味，暗暗地飄了過去。

　　我有些無法認同她剛才在室內那種慢性自殺的行為，不關道德對女性的約束，更無關儀態美觀的問題。只是在我推門的剎那，我很難想像室內正燃著的三十幾根香菸，全吸進我乾淨的肺部，身體機能反射了自衛的本能，讓我臉色發白，印堂發黑，呼出嘔心的感覺。

　　在洗手間洗了一把臉，便和同事去了咖啡座喝了些東西。提不起興頭和他們聊些什麼，我心裡像掉了什麼東西般，失落在充滿同

胞卻是異國人的地方。

　　基本上，我是個中規中矩的男人，先不說經常出差在兩岸的臺商，會在大陸找尋一個固定伴侶，或者應荷爾蒙的衝動需要，四處捕獵，但我堅持在任何場合，任何國界，不隨便出賣感情和身體。說我是個害怕染病的男人，或者是有些潔癖的男人吧！我終歸是個懂得保護自己，保護妻子的人，不害怕被冠上假性完美主義的頭銜。在這回無意圖的精神出軌，我對愛我的人和我愛的人都有交代。

　　時刻一到，我們便上了飛往北京的班機。耗在出關、登機、轉機、候機的時間有一個大半天，消磨著的體力也在精神的耗弱裡點滴流失。

　　在飛機上，趕緊吃了晚餐，便在嗡嗡的引擎聲中，慢慢的瞇上了眼。天空裡清澈無雲，在九千哩高尚能見著底下的城市圖，像 IC板，一根根銀黃，金黃的路線絲牽扯在座座如螺絲釘般發亮的小樓集。窗外黑茫茫的底色反應著艙內成了一面照鏡。側身靠在椅背上，見旁座的人闔上雙目，在胸前劃著十字。我也不想無意義的推敲他人祈禱的目的，只想著，若 B 小姐也可以依賴她的信仰，也許我也不會受她的無助而感染。

　　待我從疲累的酣睡中睜開雙眼，首先是習慣的判辨自己是在天堂或是停機坪。惺忪之中居然又意外的看見了 B 小姐。她有了一些積極的腳步，第一個衝出了座艙門！她的反應刺激了我的想知，但散散漫在三個鐘頭的飛行時間裡養成了性。當然兩個同事也拖累了我的腳步。我們不疾不徐的走著，出了關，領了行李，就可以回飯店去洗個熱水澡，然後再補上個長眠的回籠覺了。我開始想著，從

明天開始，我還有半個月的仗要打，快快的將行李拉下輸送帶也將
尚等候在行李間的 B 小姐拋在身後。

　　空曠的室外，自由的空氣！北京的夜晚，十六度的氣溫，心曠
神怡。頂上的月亮，和我也保持了原來的安全距離。林經理在出口
處正接過了方怡的玫瑰花，和相隔兩岸公開偷情的相思。熟悉的香
味匆忙的從我身邊飄過，而我們也正開步走。

　　B 小姐摟著一個男人的頸子，嚶嚶的貼在耳鬢間正說些什麼！
她等到了她的堅持，綻開了燦爛的笑容。我暗暗的嗤笑自己還多心
的掛念著，她如何憂心在兩、三萬哩處的坐立難安。我甚至肯定，
她的紅色內衣會在今晚熱情奔放，爲所愛的人脫卸，泉湧的掏盡她
所有的隱藏。莫名的感動與她不曾察覺我的心靈相視而笑。勇敢的
蝴蝶在無垠的大氣層底下，飛過千萬里，飛舞婆娑的淚水，只爲了
她所執著的堅貞不渝。

　　北京的星空，好藍，好深邃。像我們相同有著對專一所愛的，
深情。

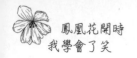

回首來時路

（曾刊登於 87 年 12 月 24 日《臺時》副刊）

　　玉潔還在想著，還好公司的聚會取消了，否則今晚會錯過這幾年來守候的目的。方才大廳管理員打電話上樓通知有一位姓鄭的先生來訪，莫名的雀躍讓她根本也不經思考便答應開門。現在還有些悔恨，害怕對講機的擴音會不會太大，讓柏謙一下子便瞭解了她的心事。

　　她盤算著和他離婚已經有七年了。第一年兩人還能像朋友般通通電話，互道平安，聊聊彼此的工作狀況，甚至開口向他索要曾經承諾過的金錢補助。她也不是沒考慮過他重新復合的要求，但感情也許不變，耐性卻變了，而不能生育的事實，將還會是柏謙每回醉酒或心情低落時的口頭折磨。然後，漸漸淡了。雖然他會在她 Call 他時立刻回電話，並且他也三緘其口不談和誰在一起，玉潔很清楚的自電話裡聽見輕洩的音樂，甚至聞到了咖啡香，勾勒出一幅柏謙與另一名年輕女子對坐，男人欲言又止，賊似的眼光在女孩身上上下搜尋；女孩只是低頭微笑，時而頻頻點頭的模樣。玉潔不會開口問他，畢竟她已經沒有資格去要求限制柏謙的需要，和他人生的大目標。

　　輾轉聽到柏謙再婚的消息，其實只是更確認了她的第六感，沒有一點驚訝的顏色。尤其是朋友們傳來是雙喜的訊息，只是讓她愈發覺得肚臍下方的刀疤隱隱作痛。當醫生宣布是子宮內膜異位症造成不孕時，才覺得結婚這兩年走得真累。為了柏謙已將邁入中年而

必須努力趕緊爲他生下小孩，四處遍尋名醫，從高雄到臺北，從山上到海邊，任何一條通往羅馬的路，她都願意嘗試。尤其是每天沒事在家裡含支溫度計，或者通神通靈的師父指示，那怕是半夜也得和著鬧鐘的聲響起床辦事，但，那又好像不是愛了。

玉潔趕緊到梳妝臺前，看看自己有無任何不妥的地方，到底該用什麼樣的妝扮和表情來面對他？化妝？不好！不能讓他知道，其實她一直還在等待；不化？不好！那豈不是讓柏謙更確認了七年前的決定。更何況，還不知道他來找她的原因。她挑了一支桃紅色的口紅，以致讓自己的臉色不會太難看。

其實她又何嘗沒爲他妝扮過呢？尤其是知道了柏謙再婚的消息後，她便經常在下班放假之餘，盛妝打扮，一個人去赴有可能不期而遇的約會。想著什麼地方是柏謙會帶著新婚妻子經常出入逗留的地方，特別想去恭禧，不，也許說是酸葡萄的心理。可是同一座城市，卻沒見過他們的雙雙儷影，莫非緣分眞的已盡，連這種沒有殺傷力的行動，老天也不給她機會！但玉潔沒有因此而突破心防，對源源而來的追求者，都坦然告知，而正常人也都正常的退避三舍，誰也揹不起這種「不孝有三，無後爲大」的罪名。

倒是公司有一位常務董事，約了她幾次，情況正好和她心裡很清楚的預演過那般，除了不能免俗的吃飯看電影外，散步談心將演變成蓋被子聊天了。玉潔當時要求下車並淡淡的說不好，只見那頭趁著月色黯淡，正要披上獸皮的動物，莫可奈何的將車子停靠路邊讓她下車，BMW 向重重的黑幕急急駛去，迫不及待的找尋另一隻美麗的獵物，共譜一夜纏綿。玉潔心想，還好是不熟，因爲人只要一

熟悉，不便即是強迫，否則就容易錯想成愛了。她不喜歡這種即食的成人遊戲，雖然三十五歲已經不是純純的年紀。

她暗忖時間大致該到了，便整整衣服，步出陽臺，柏謙正穿過中庭。夏風吹動著鳥瞰下陰陰鬱鬱的樹排，頂上反映著路燈的光下是他們以前飯後散步的世界。他時而頻頻抬頭看著這扇好幾年前眼光流連的樓層門戶。玉潔只是縮在牆邊，看著這好熟悉的動作，一遍又一遍。三分鐘過後，清楚的聽見走廊電梯開門的聲，直接將眼睛透著門上窺視的貓眼。沒見他伸手按鈴，反倒是架著眼鏡的一張方臉，近近的逼過來。

「恭禧你又結婚了！孩子好大了吧！」

「還好！還不就是這樣！」

「生活很幸福吧！」

「嗯！也還好，……還好。」

柏謙哪裡不知道這問候的一字一句，其實都是多年以前兩人共同的希冀，多年以後相見卻成了揶揄的傷害。除了用「還好」來說，還能用什麼言詞來躲過玉潔的利口捷給？但愈是敷衍了玉潔的想知，只是讓她更確定，自己的確是令人難以忘懷的。想到這裡，她忽然覺得有必要轉移一些行動來克制自己呼之欲出的感情。因為隱藏這麼多年的矜持，是一個成熟女人不該有的奢侈。起碼她的朋友都這麼嘲諷她。

「喝點什麼？咖啡？冰水？」玉潔實在無力對抗這空間與時光的交疊，好似從沒有消失過的感覺。在柏謙吝嗇答話之中，卻又不時將眼光膩在她身上。

　　她沒等他回答！逕自向廚房走去，愈是遠離客廳裡狐疑的氣氛，腳步愈是不由自主的輕快。玉潔打不定主意要請他喝什麼？不，不如說，她根本探不清楚他的來意。如果柏謙只是來接受玉潔的質詢，那麼當一切有了正解，會有什麼下一步路？或者說，玉潔心裡明白在這場愛情戰役中，她孤單守候七年，而現在明擺在眼前的勝利，又能為自己平反什麼？再或者，難不成柏謙的來訪帶來補救，他將還給她一個名副其實鄭太太的頭銜，然後沒有條件、沒有脅迫他人的情況下，奉送一對子女，正大光明的選擇他的最愛，不管道德輿論壓力，換下客廳裡高高掛著的全家福照片，以彌補七年前他允諾了最最傷害玉潔，而只為嘔氣提出的離婚決定？不，不行，她得問清楚，否則以自己現在曖昧不明的立場，是第三者地位的。她輕輕的拉開了咖啡蒸餾器，準確的勻量咖啡豆粉。她決定請他喝咖啡，這才有足夠的時間探討這七年來一直沒有答案的問題。也免除剛剛急急閃身進廚房時，腦海裡忽地閃現一幕西洋老片的泛黃螢幕，女主角在自家的門檻下，以撩人的姿態，煽動的言語輕輕的問來訪的男人：「Coffee？Tea？or me？」聽！這般尷尬可笑！環視自己兩坪大的小廚房，擺設一直沒變，偶有來訪的朋友基於風水的建議，叫她別把灶位對著後門，恐有漏財之虞。她只是笑笑沒搭理，畢竟這個家裡的一切，是她和柏謙新婚入門之時共同布置而成。一磚一瓦，一花一木擺設一直沒變，都是從預售的訂購，陪同扎實的感情一路走來，是黑夜裡閉眼都能通行無阻的習慣。而今，不變的依舊沒變！從柏謙一進門，鬆開了領帶，敞開著三顆衣鈕的襯衫，癱坐在沙發上，是個壓了一天公事的男主人，回到家裡，完完全全

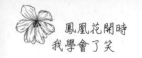
忘記了客戶的刁難和上司的責難，等著享受溫柔的太太煮上一杯咖啡，珍惜八個鐘頭的小聚。只是玉潔現在也想不起來，究竟是什麼時候開始，變了場景。

只記得最後相處的那段日子，男人總是因他說不上來的壓力，說是去說予朋友聽，帶回家裡的除了一身的疲累和幾乎伸手可觸的凝重空氣，含著濃濃的酒味，重重的吐息，摻雜了大部分抱怨的感歎。雙手交疊在腦勺後，望著天花板上的小夜燈，根本不理會一心想討好的枕邊人。玉潔只管嫌惡的裹著被子，把婆婆來電催生的怨氣連同捲入，自己這麼活生生的窒息算了。她太恨鄭家的人！不想讓身心的火燒得太過無名，只得輾轉翻身，用一些小動作讓柏謙知道她並沒有睡去：偶而順順頭髮，時而拉拉被子，偶又拍拍根本沒有的蚊子。但身邊的人並無反應。

她下決心要離婚了！因為她一直知道，只要柏謙願意，硬的軟的她都能照單全收。只是愛情的定義，不應建立在實力的保留，只等避開安全期衝刺。眼前的咖啡壺內，像女巫座前的水晶球，將往事幕幕重演，漸而透著一滴滴的水氣，逐漸聚成一大滴，霧茫茫的一片。這蒸餾著的，可不就是七年來的淚水！壓力在壺內趕動著滾水，成了咻咻的泣聲。連屋內的一景一物，也等著這天替她喊屈！她抬手從壁上掛櫃找了隻柏謙以前用的咖啡杯，包著它的報紙居然已將油墨印染了整個杯壁，汙穢的樣子，已徒然枉費玉潔用心的保留了它的位置。她取了水槽邊的洗碗精和菜瓜布，用力刷洗無心留下的痕跡。但冰冷的瓷壁卻時時透著指尖提醒自己，被打入冷宮的哀戚。記得柏謙喝咖啡是不加奶精的。端了托盤上擺著冒著煙的咖

啡和三條冰糖包，放到茶几上，把自己丟到沙發深處，雙手環抱弓
起的兩條腿，等著柏謙從洗手間出來。

夜風搧動著半掩的落地窗簾，一飄一飄的像翻動著塵舊的，一
直被關在門外的過去。玉潔入神的像回顧昨日一般，眼睛直盯盯的
一眨也不眨。明明才立秋過，輕輕的涼風拂過膝蓋前，卻好似有風
雨欲來的哆嗦。

「好香！」

柏謙自洗手間出來，洗過臉的水珠還留在臉上稀落的鬢毛上。
他自褲袋裡掏了條手帕擦著雙手，已經是一副清醒振奮的感覺。

他帶了手帕？這習慣他以前沒有的！玉潔趕緊回神觀察了起
來，有多少事是在他身上可以見著的變化？平平整整的鵝黃藍線條
的襯衫，墨褐色的褲管，無一不對著摺線熨過；進門時搭著的咖啡
色漸層領帶，解下了掛在沙發的扶手緣上；還有他手上的手帕，也
是方方正正的，絲毫沒有沾上什麼污點。這些妝扮在他躋身職場的
同時，可想而知他身後那樣一個尊重他，任勞任怨，甚至有一些潔
癖的女人，讓他的出入之間光鮮亮麗，神采奕奕，一點也不掛心身
後的瑣碎雜事。而這些物件以及表現對玉潔來說，全是陌生的；甚
至這個自由出入洗手間，不避諱女主人是否晾著貼身衣物的男人，
也像個陌生人般。

她以為自己夠瞭解他，因為他幾乎天天入夢來。但光是這些靜
態的比較下，玉潔心裡有的認定全打了折扣。

「在想什麼？」柏謙沒有坐上單人沙發，反而是挨了玉潔坐下。

「沒有。」玉潔收回了自己放肆的眼神，和無屆的想像輕輕的

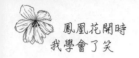
說。她縮了縮腿，幫自己擺了一個完全保護的姿勢。因爲和柏謙的大腿觸碰，只隔了他那條透著體溫的西裝褲。

「妳一個人過得好不好？」柏謙正加糖在咖啡裡，不疾不徐的動作間，居然有他的把握。

（你怎麼知道我是一個人？你就那麼有把握，難不成我汪玉潔眞的讓你給看扁了！）

玉潔抬眼看著他。他反而是一個樣的輕鬆自在，啜著熱熱的咖啡。她有些惱火了！她以爲自己明擺著有些咄咄逼人的氣勢，這會兒全融了不打緊，整個局勢的逆轉，自己居然在他人的掌握之中居了下風！

「我很好！」她斬釘截鐵的說。

「我相信。但是，妳瘦了很多。」

（這是那門子的話？你相信我好不就行了，什麼胖不胖、瘦不瘦的！我可不是一般不經世事的小女孩，能夠接受你這種久違的客套話！鄭柏謙你這是挑釁來的！）

「我很好！眞的，別以爲我一個人過不了活。」玉潔加強了態度，把兩條發麻的腿放了下來，直挺挺的探了一個主動攻勢。明明是自己的住所，犯不著縮得像隻蝦米。但又摸來旁邊的一隻抱枕，緊緊的摟在胸前。

「妳有些誤會了！我沒有別的意思。」

（什麼別的意思？如果眞沒別的意思，那這屋子是咖啡座？身旁還伴著可以任由你嬉笑辱罵的鐘點小姐？）

「回到家眞好！」

（家？這不是你的家呀！七年前你搬出去時，你戀過這個家嗎？你想過這滿屋的遺憾，會只有我一個人承擔嗎？）

「潔，其實妳還是需要伴的，對不對？」他看著天花板上的美術燈，心虛的不像是對著她說。

（伴？你怎麼知道我沒有伴？）

「這陣子我常在想過去的事。也許是年紀有些大了，而且，就像妳說的，很多該有的也都有了。事業穩定，孩子也慢慢大了，生活平平順順的像是前世註定的好命。反而是日日在想著，怎麼打發時間。沒什麼擔憂，也沒什麼特別高興，就這樣想起妳來了。」

主題來了！玉潔緊盯著側身的他，鬢毛摻著白顏色的線絲，臉上粗粗大大的毛細孔裡，鑽動著的深沉的心事。

「也許是初創痕最深吧！從小父母親教我要好好讀書，以後才有好工作；有了好工作之後，旁人催著說，要找個好老婆；有了老婆在順應傳宗接代的工作，生幾個小孩；有了小孩之後，自我的責任得限制你，固守你的城堡花園，終其一生。」

「你的城堡出了什麼事嗎？」玉潔有些心軟的像是詢問著一個六十歲的老頭。

「那不是我的。是她的！」

（她？指的不就是陪你走過這麼多階段的老婆嗎？怎說是她的，孩子身上也流了一半你的血，跟著你的姓啊！）

柏謙見玉潔一臉的不理解，忙笑著說：

「妳別想岔了，我的意思是，孩子總是親近母親的。我只是知道，沒有以前快樂。」

（以前，指的是什麼時候？）玉潔心裡過濾了兩秒，反芻這話。

她驚地睜大了眼！什麼意思？前面的對話裡，自己已經漸入佳境的感覺，可以像個傾聽的紅粉知己，對換前後兩任老婆的角色。她不想打這場勝仗，這樣對他身後那個不在場的賢妻良母不公平的。她賜給他今日站在玉潔面前的整體而言，是無懈可擊，可是男人被寵壞的胃口，像只無底的水缸。柏謙的生活習慣變了，就連以前對愛情忠心不二的執著也變了。不，也許他果真對自己是沒變的，起碼他還記得來試探她，不是嗎？

柏謙放下右手橫過玉潔的腰，順勢將自己的頭擺進玉潔肩胛的凹陷裡，下巴來回搓磨著她一撮瀉在肩上的頭髮。

「只有妳知道怎麼讓我快樂。我知道妳一直沒變，浴室裡只有一支牙刷、一只漱口杯、一條毛巾，妳的床上只有一只單人枕頭，妳在等著我的。而我們，永遠是那麼契合！」

（怪怪！原來你已經檢視過我的一切！是，我是沒變，甚至就像你所說的，我一直在等著你的出現，可是你變了，你成了一隻貪婪的狼，不惜犧牲我的青春，辜負你老婆的真心信賴！你想玩些刺激，卻又害怕風險，所以你找我，因為你對我瞭若指掌。如果今晚在家守護著孩子，引領等著遲遲未歸丈夫的人一直都是我的話，而你正汲汲找尋你所謂的快樂時，這一幕不也正上演在其他的建築物裡？）

玉潔篤定推開柏謙的頭，順便推離了七年來自己在這屋內造夢的幻境，說：「回家去吧！時間已經不早了，我想你的老婆孩子在等著你的。學著滿足點，別作繭自縛了，起碼當年是她圓了你的夢。

能名正言順才是最有保障的幸福。」說完便起身向房裡走去，撇下柏謙近身的餘溫，一點也不流連的堅定。

　　玉潔到現在才明瞭，也許自己對感情的責任感和對生活的忠誠度，原來和愛情的眞實性是不相關連的。起碼她沒有像身邊的人，信手可拈來一筆一筆的糊塗帳，卻能笑笑帶過年少輕狂，似是有了這些傷痛難得，其實並沒有在回憶裡多添惆悵！未來會不會再有第二個三十五年？她不知道，不過她已經接受，第二個三十五年裡不會只爲了守候一段莫測的感情，而讓自己的工作、生活，甚至是愛情觀，一直被無形的牽制在一個滯留的階段。她隔著房門仔細的聽著門外一個一個的動作；柏謙起身時西裝褲摩擦皮沙發的聲音，習慣性不抬腳、讓拖鞋拉拖在地板上的聲音和輕輕的帶上了門。想像得出來這些動作，和他臉上似有似無的無奈、卻帶笑的表情，和幾年來癡癡的守候劃上了不等號。這不是她想要的。玉潔仔細端倪鏡裡的自己，想想這些日子的流失，在拒絕與接受之間根本沒作過選擇，就只是好像父母親寄望在女兒身上連同起碼的願望如同名字一般，卻在曾經認知的眞愛身上反映這些無用的忠貞。

　　也許眞是太疏於照顧自己了，她想。月總還有陰晴圓缺，而自己的心緒卻一直都在悲情的框框裡，暗自踱著緩慢保守的步伐？不但不鼓勵自己努力，還企圖抹滅社會的努力。下班時在信箱裡拿到妹妹寄來的簡報，光看了大標題「代理孕母可望立法」八個大大的粗體字，隨手便棄置在梳妝臺上，嘟嚷著「多事」！對這些曾經遙不可及的夢，現在居然一蹴可及，反而是要心生膽怯。回過頭來清算自己，每每都在男人的想要和義務的驅使之下低頭，而自己卻從

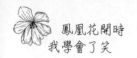
來沒有主意，只是在答應與承受的浪潮中，翻來攪去。愈是急於喚醒自己，愈是容易沉落婚姻付予道德的力量，使勁拍打想要獨立的意識。她只是想著，日子都過了，再怎麼快樂過或痛苦過，終究再回不到原點。而自身僅存的軀殼，就像海灘上的螺體，不計生命的存在與否，環境的改變如何，在最深處，永遠記憶著海浪的聲音和曾經的衝擊。

確定柏謙走了，玉潔走出了客廳，收了咖啡杯到廚房裡的水槽，才想著明天該叫人來改改灶位。漏不漏財對她來說並不要緊，而是需要一番新氣象。她停下了扭開水龍頭的手，把杯子和底盤一同丟入牆邊的垃圾筒內。身後暈黃的小燈在面前的門檻下淡淡的暗影，是腳下倏然出現的一條黃線。原來自己一直在起跑點上的！跨不跨的問題，只是在單純的意願之中，願不願意？要不要了？

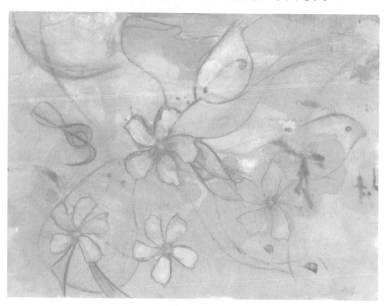

送印前後話

　　我太忙了，忙得總是認為，未來有的是時間可以利用。老是感覺自己的未來規劃做得挺好。事實上，年輕時，我忙著賺錢以及揮霍；結婚生孩子時更不用說；離了婚後為了生活東奔西忙；好不容易我感覺所有事情都恰恰的鋪在我的時間軌道上時，突然間，身體告訴我，我時間不多了。

　　我其實還鋪陳了很多事要做：要每年都出國去玩、要出書，最好能寫些歌。問題來了，如果我要出書，如果我真的生得出幾首歌，去哪找贊助？

　　我不能說，這病來得正是時候；我只能說，我的好多好多亦師亦友的歌唱班學生們，他們知情了我的所以然，給我送補給，吃的、喝的、包括花的。看看我這個老師混得是好？還是差？好得讓大家關心，差得讓大家害怕我工作一停擺就會斷炊。

　　所有的關懷我都收到了，本來想把紅包退回去，但是好意與祝福不能拒絕，他們已經努力在為我集氣了，我當然不能推開，於是我這樣想，這份祝福我會保留，但這筆錢得讓它有個好去處。

　　在生命的終結站出一本書，是為了勸世嗎？呵呵，如果你感受得到我在檢查及化療過程中的痛苦，就少抽根菸吧！抽菸能抒一時胸悶，卻解決不了事情；或者，諸事也別太較真了！大部分不愉快的事不用英雄式的擔當。你只要是你，當自己的英雄就好。

　　在生命的終結站出一本書，是為了夢想嗎？呵呵，我比較偏向這塊想法。像我這種總是在找尋「意義」的人來說，沒有文字記載就不像回事兒。所以，感謝大家的助印費啦！

　　當然，要生出一件成品並不是件容易的事。女人生產尚需懷胎

十月，更何況我只是曾經搭過幾班順風車：學校的校刊、《臺灣時報》的副刊、還有《皇冠雜誌》一場入選的比賽留下的一本書。這些過程，我只不過是出支筆及十個手指頭，怎麼校稿？怎麼編排？怎麼讓它成冊？怎麼形成它的通路？我一概不清楚。

當我在想像這些繁瑣又不在行的流程時，也順便想來寫了這書的一路。在「發現」裡，從 A 的角度簡單看它，像一本流水帳，從發現它到面對它；從 B 的角度，那是我自己的聲音，不撕開它，如何療癒？我可是邊走邊撕，才知道原來，所謂的「面對」，和樂觀只有小部分關係，有沒有帶著遺憾是才最重要的。潘永坤老師說，我的「面對」像吃飯喝水一樣。呵呵！對於吃飽飯，喝得不渴，應該是沒有遺憾的，所以有 T 的瞭悟。

生病以來，各路貴人都浮現了，連滿天神佛都來相助了。有人要帶我去祭改，調解一些冤親債主；有朋友同學群組成了一團膳食團給我送飯；有長生學的養生氣功給我輸送能量；有抒緩精油和按摩團的無限量等我召喚……講真的，我真的超級過意不去。我有俠女體質，但俠女多半幫助別人，卻沒什麼機會被人幫助。這回機會來了！我只能說，我的無奈是因為我不習慣；我的羞愧是因為我得坦承我一直都是假堅強。

如果能再生，我還是俠女！這本書的第一刷，來自我上述的所有慈心團朋友同學們，不管是財力、物力、精神力上給我的支持。他們和我一樣，願意付出最大的關懷和所長，催生這本書出來。同時，如果有人認領第二刷或未來的任何一刷，所有的收入，扣除必要成本，全數投至歌唱設備，捐給需要的單位，因為我始終認為唱

歌是最好的療癒，不管去是義演，還是自己唱。至於給哪些機構，我不知道自己夠不夠時間參與。我心裡有兩個選項：一是給我的學生團：高雄市殘障協會自強雅音合唱團，我勉勵過她們，增加一些設備，去唱出生命的力量。另一項，是我曾去義演的機關：屏東內埔的關愛之家。我雖然去沒幾次，但住友們都和我很熟，每回歡聚之後，大家總是依依不捨的告訴我：「小曼老師，妳有空就要來唱歌給我們聽哦！」因為疫情的關係，我好像兩年沒去了。他們很愛唱歌，而且又只能關在裡頭。幫我捐個好的歌唱設備給他們，讓他們用歌聲一起歡喜！一起療癒！

其它的，如果我參與不到了。我會另紙委託。當然，如果我能用這幾個月賭來十年八年，我的初心不變，而且會不斷地寫。因為有大家的欣賞，我才能發願，才能還諸於我所受到的廣大關愛，甚至給更多的人。

要不要打上諸位善心大德的名字？我看還是不用好了，因為真的是族繁不及備載。願意付出的人，就不會較真。我把班級寫一下好了，因為我人不在時，還有隱約的歌聲，以及一本有形體的書陪著大家。

＊屏北社大歡唱人生

＊鎮港園社大歡唱人生

＊自強雅音合唱班

＊惠豐里關懷據點

＊傳奇歡唱班

＊國硯歡唱班

＊國王幸福歡唱班

＊屏東菁英歡唱班

＊麟洛歌神班

＊凱悅歌星班

有緣才有相聚，才能促成因果。感謝各位欣賞我的不才，你們的笑容是我最大的財富！正念與樂觀永遠存在，與生命的終結無關！

國家圖書館出版品預行編目資料

鳳凰花開時，我學會了笑／羅小曼著. --初版. --
臺中市：白象文化事業有限公司，2022.09
　　面；　公分
ISBN 978-626-7151-80-8（平裝）

417.8　　　　　　　　　　　111010619

鳳凰花開時，我學會了笑

作　　者　羅小曼
校　　對　羅小曼
插　　畫　林佳螢
發 行 人　張輝潭
出版發行　白象文化事業有限公司
　　　　　412台中市大里區科技路1號8樓之2（台中軟體園區）
　　　　　出版專線：（04）2496-5995　　傳真：（04）2496-9901
　　　　　401台中市東區和平街228巷44號（經銷部）
　　　　　購書專線：（04）2220-8589　　傳真：（04）2220-8505
專案主編　陳婷婷
出版編印　林榮威、陳逸儒、黃麗穎、水邊、陳婷婷、李婕
設計創意　張禮南、何佳誼
經紀企劃　張輝潭、徐錦淳、廖書湘
經銷推廣　李莉吟、莊博亞、劉育姍、林政泓
行銷宣傳　黃姿虹、沈若瑜
營運管理　林金郎、曾千熏
印　　刷　基盛印刷工場
初版一刷　2022 年 09 月
二版一刷　2022 年 12 月
定　　價　250 元

白象文化　印書小舖　出版‧經銷‧宣傳‧設計
www.ElephantWhite.com.tw　自費出版的領導者　購書 白象文化生活館